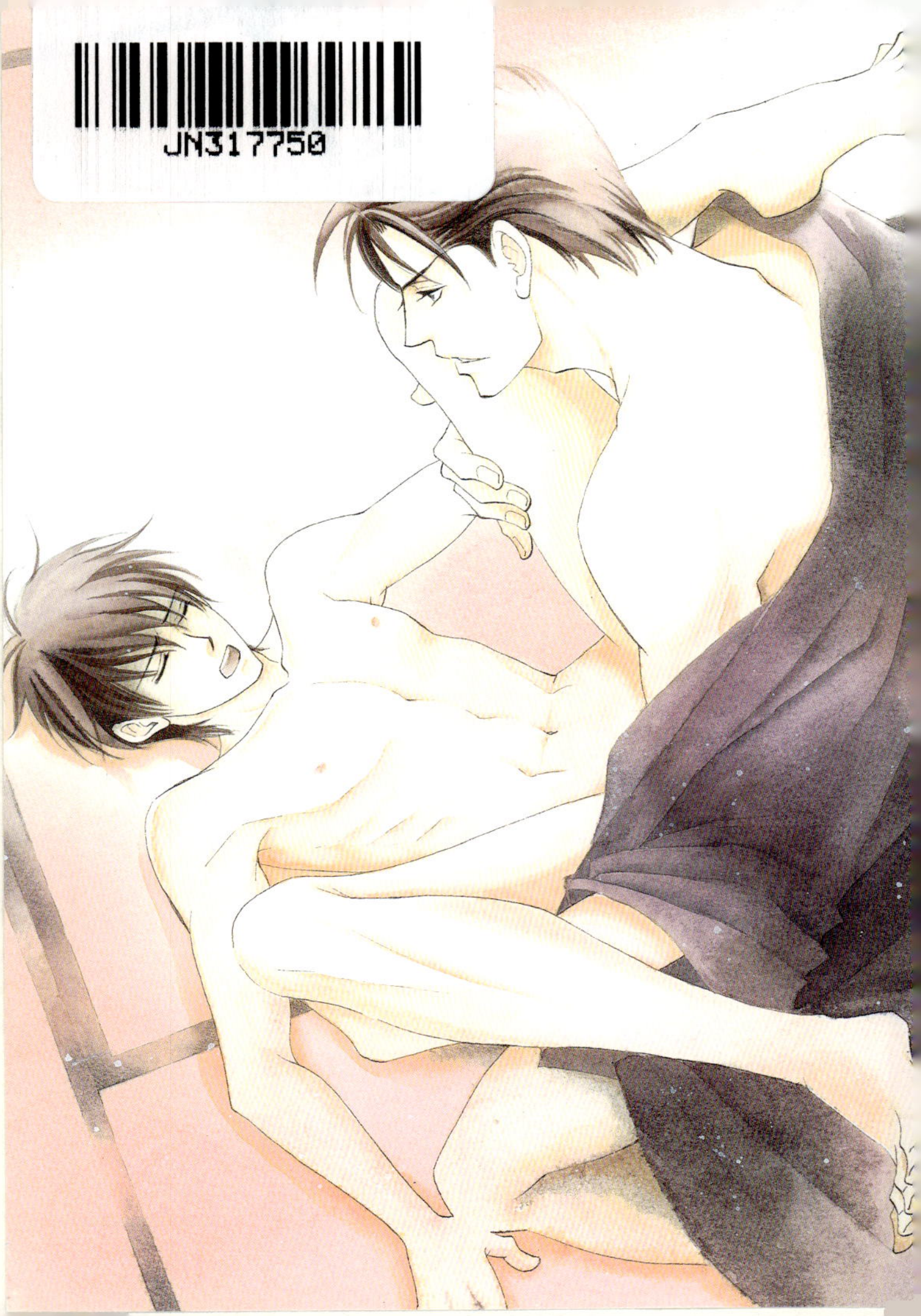

CONTENTS ✦目次✦

たくらみの嘘

✦カバーデザイン＝高津深春（CoCo.Design）
✦ブックデザイン＝まるか工房

イラスト・角田 緑✦

たくらみの嘘

1

「あ……っ……あぁ……っ……あっ……あっ……」

逞《たくま》しい雄が高沢裕之《たかざわひろゆき》を攻め立てる。ぽこりぽこりという特殊な感触を後ろに得るのは、その雄が太く逞しいだけではなく、ある特徴を有しているためだった。

いわゆる『真珠』、つまりは球状のシリコンがいくつも竿《さお》に埋め込まれている。平常時でもかなりの存在感を誇っているが、勃起時にはグロテスクといってもいい大きさになる。その雄を奥底まで突き立ててくる男の顔は『グロテスク』とは対極にある、実に美しいものだった。

白磁のごとき美しい滑《すべ》らかな肌に艶《つや》やかな黒髪。切れ長の瞳《ひとみ》は黒曜石のごとき煌《きら》めきを宿している。すっと通った鼻筋、厚すぎず薄すぎない形の良い唇と、まさに非の打ち所のない美形である。

たおやかな美しさを誇る、どちらかというと女顔ではあるが、弱々しい印象が微塵《みじん》もないのは、この美貌《びぼう》の持ち主が今や関東一を誇る団体の長であり、その座に上り詰めるまでには暴力という暴力を尽くしてきた経緯があるためと思われた。

櫻内玲二《さくらうちれいじ》。その名を聞き、足を震わせずにいられる極道者はまずいない。絶対的な美と圧倒的な力を併《あわ》せ持つこの美貌の男は今や、飛ぶ鳥を落とす勢いでその勢力を増し、関東全域、否、東日本全域を制覇していた。

その美貌ゆえ、その権力ゆえ、彼の愛情を得ようと近づいてくる男女は枚挙に暇《いとま》がない。極道の社会では愛人を数人囲うことはそう珍しくもないのだが、現状、櫻内の愛人はただ一人だった。

絶世の美形の愛人である。さぞ美しいであろうという大方の予想は裏切られる。彼が愛人にしていたのは、もと刑事にして今や彼のボディガードの高沢である。

美貌の持ち主ともいえない。どちらかというと地味な外見をしている彼は、話術が巧みというわけでもない。射撃の腕前はかつてオリンピック選手の候補になったほど確かではあったが、櫻内の唯一の愛人の座につくことに誰《だれ》もが納得できるという男ではなかった。

にもかかわらず、櫻内の寵愛《ちょうあい》はただ彼のみに注がれ、他に注意が行くことはない。毎夜のごとく高沢を抱き、体力には自信のあるはずの彼が、もう勘弁してほしいと悲鳴を上げるまで離そうとしない。

「……もう……っ……あぁ……っ……もう……もう……っ」

延々と続く絶頂感に頭も身体《からだ》も今にもおかしくなりそうで、高沢は堪《たま》らず懇願した。

「許して……っ……くれ……っ」

「何を」

くす、と櫻内が笑い、高沢の両脚を抱え直す。

「あぁっ」

更に高く腰を上げさせ、尚《なお》も奥を抉《えぐ》ってくる。先ほど達したときの櫻内の精液が、繋《つな》がった部分から、ぐちゅ、と音を立てて溢《あふ》れ、高沢の尻《しり》を伝い流れ落ちた。

「何を許せというんだ」

わかっているだろうに気づかぬふりを貫き、歌うような口調でそう言いながら、櫻内がリズミカルな突き上げを続ける。

「もう……っ……あぁ……っ……もう……っ……もう……っ」

苦しい、と高沢は無意識のうちに手を伸ばした。

いつもであればその手を櫻内が握り締めてくれるはずであるのに、なぜか今、高沢の手は宙に浮いたままである。

一体どうしたというのか。違和感を覚えた次の瞬間、不意に己《おのれ》を取り巻くすべてのものが――汗をしみこませていたベッドも、幾夜となく過ごしてきた寝室の光景も、そして己を激しく突き上げていたはずの櫻内の存在すらもその実体があやふやなものになり、高沢が動揺すると同時にあまりの喪失感に思わず大声を上げそうになったところで――ぽっかりと彼は目を覚ました。

「…………ああ…………」

夢だ。また同じような夢を見てしまった。起き上がり、はあ、と溜《た》め息《いき》を漏《も》らした高沢は、上掛けの中、自分の下着へと手を伸ばし、夢精をしていなかったことにほっとして小さく息を吐いた。

夢精までしていたら最悪だ。そのまま再び横たわろうとしたが目が冴《さ》えてしまっていたので布団を出、室内にある冷蔵庫へと向かう。

中からミネラルウォーターのペットボトルを取り出し、窓辺へと向かった彼は、窓ガラスの前にある障子を開け、真っ暗で何も見えない外へと目をやった。

部屋の灯《あか》りをつけたため、外の景色ではなく自身の顔が窓ガラスに映って見える。情けない顔をしている、と窓ガラスを開けようとしたが、警報装置が鳴るようにセットされていることを思い出し手を引っ込めた。

見張りの組員をこんな夜中に走り回らせるのは気の毒だと思ったのである。

今、高沢がいるのは、櫻内組長が組員の射撃の腕を底上げするべく奥多摩《おくたま》に建設した射撃練習場の宿泊施設、一見高級旅館の離れとも見紛《みまが》う建物だった。

高沢がここに寝泊まりするようになり二週間が過ぎた。それまで櫻内組長の自宅に住んでいた彼が奥多摩練習場へと居を移したのは、練習場の責任者、三室《みむろ》の入院のためであった。

二週間前、奥多摩練習場が何者かの襲撃を受け、居住していた三室と金子《かねこ》という若い組員は瀕死《ひんし》の重傷を負った。もと警察官であり高沢の教官でもあった三室の働きで、武器庫は守られたものの、再度の襲撃を恐れ、支配人代行を置くこととなったのだが、それに高沢が志願したというわけだった。

高沢にとって三室は大切な先輩であったし、三度の飯より射撃が好きな彼ゆえこの射撃練習場は確かにお気に入りの場所でもあったが、それらが高沢の手を上げた理由ではなかった。

勢いとしかいいようのない状況だった。高沢は実はあまり思慮《しりょ》深いほうではない。勢いで行動することもよくあるのだが、感情の起伏に乏しい彼にはその『勢い』が発動される機会が少ないというだけなのである。

今回、彼を突き動かした『勢い』は、実は彼自身、しっかり自覚はしていなかったが『嫉《しっ》妬《と》』だった。

先頃、櫻内にとっても昔馴染《むかしなじ》みである組の幹部、風間黎一《かざまれいいち》という男が出所し早速若頭補佐の座に据えられたのだが、『黎二』『玲二』と呼び合う櫻内と風間に対し、高沢は嫉妬心を抱《いだ》いてしまったというわけだった。

風間は櫻内より一つ年上の三十六歳であり、前組長のお稚児さんをしていたというまことしやかな噂《うわさ》があるのもわかる、絶世の美形だった。櫻内とはまたタイプの違う美しさなのだが、美貌の二人が並ぶと本当に絵になり、立ち姿だけに対しても高沢は嫉妬を覚えた。

その上櫻内が何かと風間を大切にする。理性で考えれば、五年もの『おつとめ』を終え出てきた幹部に組長があれこれ気を回すのは当然である。頭ではわかっているのだが、感情がついていかない。高沢の心境はまさにそんな感じだった。

射撃練習場の支配人代行として、まず手を上げたのは風間だった。それに対し櫻内は「駄目だ」と彼の望みを退け、「俺《おれ》の傍《そば》にいろ」と命じた。それを目《ま》の当たりにした高沢は、それこそ勢いで「俺が行く」と告げてしまったのだった。

自分に対しても櫻内が『駄目だ』『傍にいろ』と言ってくれることを期待していなかったといえば嘘《うそ》になる。が、『好きにしろ』と言われたとき、こうもショックを受けるとは、正直自分でも予測していなかった。

まったく――溜め息を漏らしながらまた窓を開けかけている自分に気づき、舌打ちする。女々《めめ》しすぎるぞ、と自己嫌悪に陥りながら高沢は障子を閉めると灯りを消し、再び寝床へと戻り横たわった。

外の灯りが僅《わず》かに入る暗い部屋の中、見えもしない天井を見上げる高沢の口からまたも溜め息が漏れる。

この二週間の間に櫻内は三度、練習場を訪れた。来るときには必ず高沢を抱く。が、どれほど遅い時間に訪れようとも櫻内は、練習場の宿泊施設に泊まろうとはしなかった。

宿泊施設といっても、一泊六桁《けた》はくだらない高級旅館並みの施設が整っており、櫻内が宿泊するには質素すぎるというようなこともなければ、セキュリティの心配も勿論《もちろん》ない。

なのになぜ泊まろうとしないのか。高沢は尋《たず》ねたいと思っていたが、実際「帰る」と告げる櫻内を前にすると、問うきっかけを常に逸してしまうのだった。

その結果があの、淫夢《いんむ》としかいいようのない夢に繋がるのか。目を閉じた高沢の脳裏に、今見たばかりの夢の光景が浮かんでくる。

毎夜のごとく己を責《せ》め苛《さいな》んだ逞しい櫻内の雄。真珠のぼこぼことした感触。尽きることを知らない櫻内の欲望。何度達しても硬度を保ち、奥深いところを抉ってくる。その感触を思い出すうちに高沢は勃起してきてしまった。

手を下着に差し入れそうになるのを高沢は堪《こら》えた。自慰《じい》をするのは別に恥ずかしいことではないと思ってはいたが、躊躇《ためら》ってしまっていたのは自慰をしたあとの空《むな》しさを思い知っていたためだった。

何度となく櫻内の夢を見、その後、自慰をした。後ろを慰めたくなる欲求を抑え込んだのも一度や二度ではない。

だが、達したあと待っているのは、我慢できないほどの空虚感だった。独り寝の寂しさを高沢は、この練習場に来てから嫌というほど感じていた。が、それを認める勇気は、未《いま》だ彼には備わっていないのであった。

明日も忙しくなることはわかっている。寝ることにしようと無理矢理目を閉じ、寝返りを打つ。考えまいとしていても高沢の脳裏には櫻内の微笑《ほほえ》みが、彼の艶やかな声が、逞しい腕の感触が次々浮かび、ますます目が冴えてくる。

本当に、俺はどうしてしまったことか。深く溜め息を漏らす高沢は驚くべきことに、自分が『恋』をしているという自覚をまだ持てずにいるのだった。


あまり眠れなかったこともあり、高沢は翌朝寝過ごした。

「おはようございます。お食事の用意が調《ととの》いました」

渡辺《わたなべ》という組の若手に襖《ふすま》の外から声をかけられ、ようやく目を覚ました高沢は、

「すぐ行く」

と答え、起き上がった。

寝不足の頭を振り、覚醒《かくせい》しようとした高沢の耳に、また、遠慮がちな渡辺の声が響いた。

「あの……今日の午後、組長がいらっしゃるそうです」

「……そうか」

ドキ。高沢の鼓動が高鳴る。それが声に表れてしまいそうになり、慌てて口を閉ざした高沢だったが、続く渡辺の言葉を聞き、すっと胸にすきま風が吹き込むような、そんな錯覚を覚えた。

「風間若頭補佐もご一緒とのことです。時間は三時頃になりそうだということでした」

「……ありがとう。了解した」

返事をする声が不自然に上擦《うわず》らないか、細心の注意を払いながら高沢はそう言うと、布団から起き上がり部屋に備え付けてある浴室へと向かった。

頭からシャワーを浴びることで気持ちを切り替えようとしたが、あまり上手くいかない。殆《ほとん》ど生えない髭《ひげ》を剃《そ》り、仕度を調えて部屋を出ようとした高沢は、未だ部屋の外で正座していた渡辺に気づき、ぎょっとして彼を見た。

「いたのか?」

「あ、はい。食堂にご案内しようと……」

赤い顔をした渡辺がその顔を伏せ、ぼそぼそと呟《つぶや》くようにしてそう告げる。

渡辺は極道というよりアイドルにでもなったほうがいいのではないかと誰しもが思う、可愛い顔をした若者だった。面食いの早乙女《さおとめ》が舎弟《しゃてい》として可愛がっており、早乙女が高沢と共に射撃練習場に向かわされることになった都合上、彼もまたここで高沢や早乙女の世話を焼いている。

義理の父親が板前とのことで、料理が得意である。玄人裸足《くろうとはだし》といってもいい腕前であり、高沢も早乙女も実に重宝していたのだが、高沢にとって渡辺は、今、少々接しにくい相手となっていた。

というのも高沢は渡辺に、以前、自慰を見られた心当たりがあったためである。お互い、そのことに触れるチャンスはなかった。が、やはり気まずさを感じずにはいられない。それでなんとなく高沢は渡辺を避けていたのだが、渡辺のほうはなぜか今まで以上に高沢と接触を図ろうとしているようで、毎朝起こしに来るだけではなく、高沢の世話を何かというと焼きたがった。

「……ありがとう……」

食堂の場所くらい、毎日行っているのだからわかっている。だから別に案内などいらない。そう言えばいいと思ってはいるのだが、高沢はなぜかそれを言えないでいた。

礼を言い、渡辺のあとに続く。ちらと自分を振り返った渡辺が酷く赤い顔をしているのはいつものことなので、さすがに慣れてはきたものの、その理由については高沢の理解の範疇《はんちゅう》を超えていた。

自慰を見てしまったことが気まずいのではないか、としか思いつかない。だが、あれからもう二週間経《た》つのだが、と首を傾《かし》げつつ高沢は渡辺に続き食堂へと向かった。

「おせえじゃねえか」

食堂では既に、早乙女をはじめとする十数名の組員が食事をはじめていた。当初は高沢を待っていたのだが、その必要はないと高沢が改めさせたのだった。

「悪い」

高沢も自分の席へと向かう。今日は和食か、とまさに高級旅館そのままの食卓を見やった高沢は、それを作ってくれた渡辺を振り返り礼を言った。

「いつもすまないな」

「いえ。オレの取り柄はこのくらいですから」

渡辺が更に赤い顔になり、ぶんぶんと首を横に振る。

「そうだぜ。腕力もねえし、メシや掃除、それに洗濯くれえでしか、俺らの役に立たねえんだからよ」

言葉少なに答える渡辺のかわりに、早乙女が饒舌《じょうぜつ》にまくし立てる。

「少なくともお前より銃の腕前は上だ」

兄貴風を吹かせるのはいいが、そこのところはちゃんとわかっておけ、と高沢が早乙女にそう言うと、早乙女はあからさまにむっとした顔になった。

「銃なんて撃てなくてもいいんだよ。俺は組長の盾《たて》なんだから」

憮然《ぶぜん》として言い捨てた早乙女が、八つ当たりとばかりに渡辺に声をかける。

「そんなに銃ばっか練習して、外注のボディガードにでもなる気かよ。練習より裏方仕事をしっかりやれや。人数増えてるんだからよ」

「……はい……」

渡辺は早乙女の舎弟であるため、口答えをすることなく頭を下げる。それを見て高沢はまたか、と内心呆《あき》れながらも早乙女の横暴を諭《さと》そうとした。

「射撃の腕を上げろというのは櫻内組長の意向のはずだがな」

「……っ」

途端に早乙女がむっとした顔になり、高沢を睨《にら》む。怒鳴りつけたいところだが櫻内の名を出されてはそれもできず、不貞腐《ふてくさ》れるしかなくなることを予測したのだが、狙《ねら》いがうまく当たったようだ、と、ぷいとそっぽを向いてしまった早乙女の後ろ姿を見やり、高沢はやれやれ、と密《ひそ》かに溜め息を漏らした。

早乙女と渡辺、それに自分の三人しかいないときなら、早乙女が多少荒れようが放置していればすむが、今、練習場内には三人以外に、十名の組員が常駐している。モニタールームにいる二名と警護の三名以外、五名の組員が朝食のテーブルについており、高沢らのやり取りを見ている中、少しでも揉《も》め事めいた状況は避けたいと、高沢は考えたのだった。

「おはようございます」

早乙女が離れていき、高沢が席につくと、組員たちが皆立ち上がり高沢に頭を下げた。

「立つ必要はありませんから。何か報告はありますか？」

高沢の問いに五名は目を見交わし合ったあと、一人が代表して答える。

「特にありません」

「わかりました。引き続き注意を払ってください。少しでも普段と違うことがありましたら、どんなつまらないことでもいいのですぐ報告してください」

「はい」

「わかりました」

指示を出す高沢に、皆が姿勢を正して答え、頭を下げる。

「よろしくお願いします」

高沢もまた頭を下げ返したあと、心の中で、疲れる、と呟いていた。

高沢は今、この射撃練習場の責任者代行という役職に就いている。刑事であったときには、後輩はいたが『部下』など持っていなかった高沢にとって、十名——早乙女と渡辺も入れれば十二名だが——の組員たちを束ねるという今の環境は、息苦しいことこの上なかった。

組員たちは高沢の前職も知っていれば、今や櫻内組長の愛人であることも当然ながら知っている。

それゆえ皆、表面上は敬っているように見せているが、実際はかなりの反発があることを、高沢は肌で感じていた。

もと刑事という以上に、男が男の愛人になるといったことへの反発が大きい。が、二週間が経ち、次第に組員たちのそうした空気が心なしか薄まってきていることもまた、高沢は感じつつあった。

「あの、高沢所長代理」

若い組員がおずおずと、高沢に声をかける。

「はい、なんでしょう」

手にしていた箸《はし》を下ろし問いかけた高沢に、その組員は恐縮しながら喋《しゃべ》りはじめた。

「あの……自分の警護の担当は今日の午後からですので、午前中、射撃のご指導を願えませんでしょうか」

「わかりました。食事が終わったら練習場に行きましょう」

高沢が返事をし終わるより前に、他の組員が二、三人、続けて声を上げた。

「すみません、俺も」

「自分もお願いします」

「わかりました」

高沢がなんとか笑顔を作り頷《うなず》くと、皆が皆、酷《ひど》く嬉《うれ》しげな顔になり、それぞれ、

「あざっす！」

「よろしくお願いしますっ」

と頭を下げてくる。

高沢が渡辺に対し銃の指導をしているのを見て、他の組員たちが一人、二人と練習に参加するようになり、今や十人全員が自分の警護の時間以外に、高沢に教えを請《こ》うようになっていた。

高沢にとってそれは、初めての体験だった。人から教わることはあっても、人に指導したことなどない。渡辺はまるで知らない仲ではなかったし、そこそこ気の置けない相手でもあったために、射撃を教えるときにもそう気は遣わなかったのだが、ほぼ初対面で、かつ自分に対しマイナス感情を抱いているような相手への指導など、どうしたらいいのだと最初のうちは戸惑った。

が、すぐさま、三室を手本にすればいいと思いつき、それを実践したところ、組員たちの銃の腕前は高沢が予想していた以上に上達し、それがどうやら高沢への信頼に繋がっていったようなのだった。

本人、まるで自覚はしていなかったが、高沢は実際『良い教官』だった。それぞれ銃を構えたところを見れば欠点はたいていすぐにわかったし、何より見本を示してやることができるため、教わる側にとっては実にわかりやすいと好評だったのである。

評判はすぐに組内に広がり、櫻内が射撃の練習を奨励していることもあって、今や射撃練習場を訪れる組員たちの数は以前の数倍にも膨れ上がっていた。

組員の中には、櫻内の寵愛が深い高沢をこの機会に観察してやろうといった、物見遊山《ものみゆさん》な者もたまにいたが、そうした組員であっても高沢から射撃の手ほどきを受けると熱心に指導を請うた。目に見えて上達するということがやる気を生むからなのだが、活気に溢れる練習場の雰囲気が、高沢にとっても救いとなっている部分があった。

あれこれ、考えている暇がない。日中はそうして慌ただしく過ぎていくが、夜の夢まではその恩恵は働かないようだと高沢はいつしかぼんやりと、今朝見た夢を思い起こしていた。

「どうなさいました?」

不意に声をかけられ、はっと我に返る。

「あ、いや……」

高沢に問いかけてきたのは渡辺だった。彼のために食後の茶を淹《い》れてくれたようで、差し出したのに受け取らなかったので、案じて声をかけたらしい。

「悪い。ぼうっとしていた」

ありがとう、と礼を言い茶を受け取ると渡辺は、

「お疲れではないですか?　傍で見ていても忙しすぎると思いますし」

と尚も心配そうに問いかけてきた。

「お前のほうが忙しいだろう」

常駐の組員が本人を入れて十三名もいる上に、射撃練習場には日々十数名の組員たちが訪れる。

早乙女が組員たちの世話を焼くわけもなく、高沢は高沢で教官としての仕事で手一杯であるため、家事労働はすべて渡辺の担当となっていた。

来訪者の食事の世話は焼く必要がないものの、訪れる人数が増えればそれだけ掃除などの

手間はかかる。練習場の整備や清掃は高沢が担当することにしたのだが、風呂掃除や洗濯等、それに幹部が来たときの持てなしの料理や酒の仕度は、渡辺が一人で請け負っていた。

まさに激務だろうに、と高沢が労《いたわ》ると渡辺は、

「そんなことないです」

と下を向いてしまった。彼の頬《ほお》がまたも赤く染まっていることに高沢は気づいていたが、敢《あ》えて気づかないふりを貫く。早乙女も最近の渡辺の変化には気づいているようだが、いつもであればあれこれ口を出してくるはずの彼がなぜか今回は突っ込んでこない。それで高沢も気づかないふりをすることにしたのだが、居心地が悪いことこの上なかった。

「し、失礼します」

会話が途切れ数秒経ったあと、渡辺が赤い顔のまま立ち去っていく。高沢もまた茶を飲み干すと、施設内を一回りしたあと射撃練習場に向かおうと席を立ったのだった。


その日の午後、組長と若頭補佐が射撃練習場を訪れるという連絡が既に組内には行き届いているらしく、いつもであれば十時には数名、高沢の指導を志願する者たちが来ているはずなのに、練習場には誰もいなかった。

さきほど高沢に射撃を見てほしいと願い出た組員も、あとから早乙女に櫻内組長が来ることを知らされ、組長より先に練習場を使うのは申し訳ないと遠慮してしまった。

賑《にぎ》わっているところを見せたほうがいいのではないかと思いながらも高沢は、いつも櫻内が好んで撃つ四十四口径の銃を用意し、風間のためには何を用意したらいいのかと迷った。

「なんだよ」

それで早乙女を呼びつけ問うてみたのだが、彼は、

「知らねえなあ」

と答えたあと、知らないことが悔しかったらしく顔を歪《ゆが》めた。

「色々、用意しときゃいいんじゃねえの？」

手伝うぜ、と珍しくも早乙女が申し出たそのとき、背後で声が響いた。

「三十八口径が好みのようだぜ」

聞き覚えのありすぎるほどある声の主は、この二週間でどの組員より練習場を訪れる回数の多かった高沢のボディガード仲間、峰利史《みねさとし》だった。

「なんだよ、てめえ。いつの間に入ってきやがった」

早乙女があからさまに嫌な顔をし、怒声を張り上げる。

「今だよ。撃たせてもらえるか？」

峰は早乙女の機嫌などおかまいなしとばかりに高沢へと近づいてきた。

峰と高沢の出会いは、警察時代に遡《さかのぼ》る。峰もまた警察を辞めたあとに櫻内にボディガードとして雇われたのだった。

年齢は高沢より一つ年上の二十九歳。射撃の腕前にも定評があり、警察内で高沢がトップの成績を収めていた、その二番手に常につけていたという。

苦み走ったいい男なのだが、態度がひょうひょうとしているために、顔立ちから受ける印象とのギャップがある。

あいつは軽すぎる、というのが早乙女の峰に対する評価であり、彼が訪れるたびにきつい対応をしてみせるのだった。

「駄目に決まってんだろ？　これから組長と若頭補佐が来るんだぜっ」

今もまた、冷たく突き放した早乙女を前に、峰がやれやれというように肩を竦《すく》める。

「なんだ、せっかく来たのにな」

「撃てばいいさ。組長たちが来るのは午後だ」

高沢の返しに、峰がヒュウ、と口笛を吹く。

「さすが姐《あね》さん、話せるねえ」

「姐さんたあなんだ」

嚙《か》みついたのは高沢ではなく早乙女だった。

「あんたも何言ってんだよっ」

早乙女は了承した高沢に対しても厳しく注意を促してくる。

「一時間くらいはいいだろう。それに」

高沢が言葉を続けようとした、その先を、わかっている、とばかりに峰が続けた。

「片付けは手伝う。当然な」

「それならいいだろう？」

高沢が早乙女に問いかけると、早乙女は、けっというように横を向き、その場を立ち去っていった。

「機嫌悪いなー。生理？」

峰がにやにやしながら、こそりと高沢に囁いてくる。早乙女本人に聞こえでもしたら更に荒れるとわかっているだろうに、と高沢は峰をじろりと睨むと、

「組長と離れて随分経つからな」

見逃してやれ、とぼそりと返した。

「ああ、彼、組長ラブだもんな。寂しいのか」

また揶揄《やゆ》めいた口調になったのを咎《とが》めようとした高沢の顔を、峰が逆に覗《のぞ》き込んでくる。

「で、お前は？　お前も寂しいか？」

「……撃つのか？　撃たないのか？」

いい加減にしろ、と高沢は峰を睨んだが、すぐにすっと目を逸《そ》らせた。本心を見透かされ

る気がしたためである。

確かに喪失感はある。淫夢もその表れだろう。だがそれを認めたくもなければ見抜かれたくもない。

高沢のそんな心理は、だが、峰にはすっかり見通されているようだった。

「お前と久々に撃ち合いたいと思ったんだが、一人で撃つわ」

苦笑し、自身のホルスターから銃を抜くと、ニッと笑ってみせる。

「別に撃ち合ってもいいが」

「いやぁ、やめとけよ」

その動揺っぷりでは、的になど当たるまい。そう言われているのがわかった高沢はつい意地になりそうになったが、すぐ、むきになったところで意味はないかと思い直した。

「そうか」

それならやめる、と頷《うなず》き、峰にイヤープロテクターを渡してやる。

「ああ、忘れてた」

峰は笑ってプロテクターを受けとると、耳にはめてから的に向かい銃を構えた。高沢もまた、プロテクターをはめる。

六発、続けて撃った峰の弾《たま》は全て的の中心を撃ち抜いていた。

「さすがだな」

的を引き寄せるまでもなくそれがわかった高沢は、素直に賞賛の言葉を口にした。

「いやあ、今日は調子がいい」

そう言って笑い、プロテクターを外す峰に、もう撃つのをやめるのかと高沢は驚いて問いかけた。

「まだ撃つだろう?」

「いや。気分がいいからこれでやめるわ」

プロテクターをぽいとその辺に放り、峰が高沢を喫煙所に誘う。

「………」

練習場内に人気《ひとけ》はない。が、監視室にいる組員に、二人の様子は丸見えであったし、その気になれば声を拾うこともできた。

何か話があるらしい。察した高沢は「わかった」と頷き、峰のあとに続いて喫煙所へと向かった。

喫煙所内にも監視カメラやマイクはある。が、今、練習場に詰めている組員たちは喫煙率が高いため、監視カメラやマイクの電源が入ったことが敢えてわかるように、ランプが見える形で設置し直していた。

今、ランプは消えているからカメラもマイクも回っていない。それを確認してから高沢は峰に、

「どうした？　何かあったのか？」

と話を振った。

「特別何があったってわけではないんだが」

煙草《たばこ》に火をつけ、高沢にも吸うか、と箱を差し出す。いらない、と断ると高沢は、目で峰に話の続きを促した。

「若頭補佐に風間さんが就任して二週間が経ったが、今や完全にツートップ体勢となった。そのうち、若頭になるんじゃねえかというもっぱらの評判だ」

合図を待っていたかのように、峰がべらべらと喋り出す。

「……それを伝えに来たのか？」

わざわざ、と眉《まゆ》を顰《ひそ》めた高沢に峰が、さも当然というように頷いてみせる。

「そうだ。組員は射撃の練習には来るが、組の様子は伝えちゃくれないだろ？」

「……ああ、まあ」

教官として、射撃の上達法を教えはする。が、組員たちとの会話はそれ以上でも以下でもなかった。

高沢のほうから聞けば教える組員もいるかと思うが、峰のように聞くより前に教えてくれる人間はいない。

「な？」

峰は高沢の心を読んだらしく、得意げに笑うと、おもむろに話を再開した。

「ムショに行く前から人気はあったが、前組長のために服役したっていうんで更に人気は高まっている。組内にも組の外にもシンパが多い。勿論、櫻内組長以上というわけじゃないぞ。風間ファンは櫻内組長を支える風間を推《お》していると、そういう感じだ。ペア萌《も》え、とでもいうのかな」

「ペア萌え？」

いきなり出てきた意味不明の単語を高沢が聞き咎めると、峰は、

「ああ、なんでもない」

と苦笑し、話を続けた。

「ともかく、今、菱沼組《ひしぬまぐみ》はいい感じで盛り上がってる。それは間違いない。ただ気になることがないわけじゃない。この射撃練習場の襲撃もそうだが」

「中国マフィアか？」

趙《チョウ》が動きはじめたのか、と問うと峰は「それはまだなんとも」と顔を顰《しか》めた。

「若頭補佐を頭に、しかけてきたのがどこの団体か今調査中ではあるんだが、どうも趙ではなさそうだ。香港《ホンコン》じゃなくて大陸の組織なんじゃないかと、調査の範囲を広げたらしい」

「……そうか……」

菱沼組の情報網は警察をも凌《しの》ぐと言われている。なのにまだ襲撃した団体を特定できない

とは、相手のほうが一枚上手《うわて》ということだろうか。

それにしては、あれから二週間以上経つというのに、第二陣の攻撃がされないのには少々違和感がある、と首を傾げる高沢に、峰は何かを言いかけたが、ふと、思い直したように話題を変えた。

「そうそう、昨日、三室教官の見舞いに行った。随分と回復されていたぞ」

「そうか。それはよかった」

高沢の顔に笑みが浮かぶ。三室の容態は高沢も気にしており、見舞いにも行きたいと願っていたのだが、練習場を留守《るす》にすることを躊躇《ちゅうちょ》い一度も訪れていなかった。

順調に回復しているのなら何よりだ、と安堵《あんど》したあまり微笑んだ高沢を峰は、眩《まぶ》しいものを見るような目で一瞬見やったあと、

「なんだ?」

視線に気づき問うた高沢に、なんでもない、と苦笑してみせ、肩を叩《たた》いて寄越した。

「そのうちにここの教官として復帰できるだろう。となるとお前もまたボディガードに戻れるな」

「……ああ、そうだな」

頷く高沢の胸が、ちくりと痛む。

ボディガードには戻れるだろう。だが、松濤《しょうとう》の家に——櫻内の家に戻れるかはわからない。

頭に浮かんだその考えを高沢は、女々しいぞ、と振り落とそうとした。

「お前がいないとつまらん。早く復帰してくれ」

峰が笑って高沢の肩をまた叩く。彼の目の中に労りとしか思えない色が滲《にじ》んでいることに高沢は気づき、気持ちを見透かされているのかと察して耐《た》えがたい思いに陥った。

「……戻ろう。掃除を手伝ってくれるんだろう?」

話を切り上げるべくそう言い、峰の返事を待たずに喫煙所を出る。いつもであれば揶揄のひとつも口にしそうな峰は、何も言わず高沢のあとに従った。

せめて揶揄でもしてくれれば、まだ救われたものを。そんな考えが頭に浮かぶことに戸惑いと、そして苛立《いらだ》ちを覚えていた高沢の脳裏にはそのとき、明け方見た夢の映像が——櫻内に突き上げられ、乱れる己の姿が浮かんでいた。

2

午後三時ぴったりに、櫻内と風間が射撃練習場に到着した。

「お待ちしておりました」

所長代理を務める高沢が、玄関前で車を降りる櫻内と風間を出迎える。

「やあ。出迎えありがとう」

櫻内は無言のまま高沢の前を通り過ぎたが、風間はいつものようににこやかに笑い、声をかけてくれた。

「評判いいじゃない。僕にも教えてよ、射撃」

「……………はあ…………」

リアクションに困り項垂《うなだ》れる高沢の耳に、機嫌がそうよくなさそうな櫻内の声が響く。

「撃つなら撃て。俺は一回りしてくる」

「待てよ、玲二。俺も視察に付き合うよ」

風間が苦笑し、櫻内のあとを追いかけながら、目で高沢に、君も急いだほうがいい、と促してくる。

一瞬、高沢の胸に反発が芽生えかけたが、すぐさまそれを打ち消すと、

「ご案内します」

と足早に歩く櫻内の傍へと駆け寄っていった。

「まずは監視室を。常駐は何名だ？」

横を歩きはじめた高沢に櫻内が問いかける。前回の往訪時に注意をされたところはすべて改めたはずであるが、それでも緊張を高めつつ高沢は答えを返した。

「二名です」

「交代時間は？」

「三時間ごとに交代させています」

「集中力が続くのはそのあたりが限界だろうからな」

よし、と櫻内が満足げに頷く。

「何か変わったことは？」

「特には」

「そうか」

会話はここで途切れ、監視室に到着するまで櫻内は何も喋らなかった。

櫻内が監視室に入っていくと、若い組員たちが直立不動になり櫻内と、そして風間に深く頭を下げた。

「ご苦労」

櫻内が一言告げ、一面に並ぶモニターを見やる。

「画面が消えているのは？　喫煙所か？」

櫻内が問いかけたのに対し、組員二人が困ったように高沢を見る。

「息抜きの場所も必要かと思いまして」

「気を抜いていい時間などないはずだ」

ぴしゃりと櫻内が言い捨て、高沢を睨む。

「………はい」

そういうつもりはなかった、と告げたかったが、言い訳は櫻内が嫌うことがわかっているだけに高沢は言葉少なに頷き「申し訳ありません」と頭を下げた。

「すぐカメラを作動させろ」

「は、はいっ」

モニター前にいた組員が、慌てた様子で返事をし、がたがたと動揺しながらスイッチを入れる。すぐさま喫煙所のカメラが作動しはじめたのを見て櫻内は、よし、というように頷くと不意に風間を振り返った。

「何だ？」

「いや、早く練習したいと思ってさ」

眉を顰《ひそ》め問いかけてきた櫻内に風間は微笑みそう答えると、視線を高沢へと移した。

「是非《ぜひ》、ご指導願いたいと思ってたんだ。宜《よろ》しくね、高沢君」

パチ。長い睫《まつげ》を瞬《しばた》かせるウインクに、高沢は一瞬見惚《みと》れた。がすぐさま、

「こちらこそ」

と頭を下げると「ご案内します」と先に立ち歩きはじめた。

「『ご指導』ね」

背後で櫻内が、揶揄するように風間に笑いかける声が聞こえてくる。

「何が可笑《おか》しい？」

「いや、別に」

和気藹々《わきあいあい》。気の合った者同士の会話だ、という感想を抱いた高沢の唇から溜め息が漏れそうになった。

気づいてそんな自分に狼狽《ろうばい》し、つい咳払《せきばら》いをしてしまった高沢の背後で、櫻内と風間の会話は続く。

「可笑しくもないのに笑うのか」

「楽しみなんだよ。玲二のハートを射貫《いぬ》いた高沢君の腕前を見るのが」

ねえ、と風間が前を歩く高沢に話題を振ってきた。

「…………」

振り返り、何かリアクションをとるべきかと高沢は足を止めかけたが、そのときには既に櫻内が喋りはじめていた。

「それより、何か言いたそうだったな」

「え？　ああ」

再び二人の間で会話が始まる。櫻内は意図的に自分を除外したのだろうかと思う高沢の胸は、ちり、と微《かす》かに疼《うず》いた。

「何が言いたい？」

どうやら先ほどの監視室でのことを問い詰めているらしい。今、櫻内と風間の傍には高沢しかいなかった。

「息抜きと気を抜くのは、違うと俺も思うけどね」

他の組員がいる場では組長を立てて、意見めいた言葉を口にしなかったと思われる風間がそう言い、口を閉ざす。

櫻内に意見などする人間は、高沢の知る限り誰一人としていなかった。意見どころか、誰もが櫻内の言動に眉を顰めることすら恐ろしくてできないでいる中、果たしてこの『意見』に対し櫻内がどのようなリアクションをとるのか、我知らぬうちに高沢は緊張を高めていた。

緊張——というのとは違うものであったことに気づくより前に、彼の耳には櫻内の笑い声が響いてきた。

「だから喫煙所にカメラは置くな、か？」

笑った――てっきり激怒するかと思ったのに、と驚愕《きょうがく》した高沢は、同時に自分がその『激怒』を待っていたことにも気づいてしまった。

「だってここにいる十三名は、玲二が厳選した連中なんだろ？　煙草を吸っているときくらい、息抜きさせてやってもいいんじゃないの？」

「そこは信頼してやれ、か？」

気易《きやす》い感じで話しかける風間に櫻内も気易く答えている。二人の会話を聞いているだけで胸がざわつく、といつしかシャツの前を摑《つか》んでいた高沢は、次に聞こえてきた櫻内の言葉に思わず足を止めていた。

「お前がそう言うなら、喫煙所のカメラは外そう」

「……っ」

櫻内が風間の意見を聞き入れた――振り返りそうになった高沢の背に、櫻内の、今の笑いを含んだ声音とはまるで違う、厳しい声が飛ぶ。

「どうした、立ち止まったりして」

「……すみません。なんでもありません」

声が震えそうになるのを高沢は気力で堪《こら》えた。間もなく練習場に到着する。それまでにきっと青ざめているであろう顔色が戻るといいのだが。漏れそうになる溜め息も堪え、高沢はただひたすら、足を前に進めようとした。

「銃を撃つのは久々だな」

背後で風間が浮かれた声を上げている。

「五年ぶりだしな。相当腕が落ちてるだろうな」

「大丈夫だろう。お前に限って」

櫻内もまた、明るく風間に返している。疎外感が胸に溢れるのに気がつかないふりをし続ける高沢の歩調は、いつしか速くなっていた。

「気を遣ってくれたのかな。俺が楽しみそうにしてるから」

くす、と笑う風間の声。

「そこまで気が利くとは思えない」

笑い返す櫻内の柔らかな声音に、高沢の胸にまた、ちりちりとした疼きが走る。

疼き――ではなかった。高沢は己の胸が嫉妬の痛みを覚えていることを、今やはっきりと自覚していた。


練習場に到着し、用意していた銃を見せると風間は、

「へえ」

と驚いたように目を見開いた。

「俺の愛用がベレッタ92FSだと、よく知っていたね」

感心してみせる風間の横から、櫻内が高沢に問うてくる。

「誰に聞いた?」

「あの……」

櫻内の語調に非難の色を感じ、高沢は情報源を明かすのを一瞬躊躇った。が、隠すこともできないとすぐ察し、慌てて名前を告げた。

「ボディガードの峰です」

「ああ、あのイケメン。高沢君のもと同僚だっけ」

あきらかにむっとした様子となった櫻内にかわって、風間がそう声をかけてきた。

「はい」

「よく知ってたなー。俺のファンなのかな」

「かもな」

不機嫌になりかけていた櫻内が、風間の冗談に噴《ふ》き出している。

「でも彼はあんまり好みじゃないんだよなー」

「だろうな」

今や櫻内の機嫌はすっかり回復したようだった。こうもあっさり機嫌を直したところなど見たことのなかった高沢はただただ唖然《あぜん》としながら二人のやりとりを見つめていた。

「さて、撃とう。玲二はマグナムだろ?」

高沢が手に取るより前に風間が、櫻内のために用意していた四十四口径の銃を手に取り、彼に差し出す。

「ああ」

櫻内は笑顔で受けとると、視線を高沢へと移した。

「……っ」

ドキ、と鼓動が高鳴り、高沢もまた櫻内を見返す。その瞬間、櫻内の顔から笑みが消えた。

「何をしている。プロテクターだ」

「……申し訳ありません」

見惚れている場合ではなかった。慌ててイヤープロテクターを差し出した高沢に、礼を言ったのは風間のみだった。

「ありがとう。ねえ、少し見てもらえるかな?」

「……はい」

わかりました、と高沢もまたプロテクターを耳にはめ、風間の背後に立つ。風間はプロテクターを装着したあと、銃をちらと見やっただけで、すっと構えすぐに撃った。

「……っ」

ダーン、という銃声がしたときにはもう、高沢の目は的の中心を正確に射貫いている銃弾を確認していた。

ダーン、ダーン、と無造作に数発撃たれた弾はすべて、中心に集まっている。

凄《すご》い——。

高沢もまた、同じ精度で撃ち抜くことはできる。が、それには少なくとも精神を統一させることが必要だった。

風間が意識を集中させた気配はない。銃を手に取り、おもむろに数発撃っただけであるのに、なぜこうも銃身がぶれないのかと高沢は驚きをもって風間を見つめていた。

その後三発撃ったあと、風間はプロテクターを外し、高沢を振り返った。

「フォーム、崩れてない？」

「崩れていません」

少しも。断言した高沢を前に、風間が嬉しげに笑う。

「それはよかった。銃を撃つのはかれこれ五年ぶりだからね。まともに撃てないんじゃないかと案じてたんだ」

「……完璧だと思います」

この上なく。賞賛の言葉を口にする高沢の胸には、敗北感が溢れていた。

「お世辞が上手いね」

ふふ、と笑う風間の横で、櫻内がさも機嫌がよさそうに口を出してくる。

「これは世辞は言わない。そこまで器用じゃないからな」

「本心から誉《ほ》めてくれてるって？　ますます嬉しいじゃないの」

笑いながら風間が、再びプロテクターを耳にはめる。

「撃とうぜ、玲二。お前が撃っている姿を見たい」

「馬鹿馬鹿《ばかばか》しい」

苦笑しつつも櫻内が銃を構える。慌ててプロテクターをはめる高沢の胸はまたざわつきはじめていた。

櫻内が撃ち、風間が撃つ。楽しげに射撃を続ける二人が二人とも正確に的の中心を撃ち抜いているのを高沢は眺めながら、ともすれば溜め息が漏れそうになるのを必死になって堪えていた。


櫻内と風間は三十分ほど射撃を楽しんだあと、二人で風呂へと向かった。高沢は誘われなかったので練習場を片付けていたのだが、それまでどこに隠れていたのか、峰がひょっこり顔を出した。

「風間さん、すげえな」

感心してみせる彼に高沢は「そうだな」と相槌《あいづち》を打ったあと、そういえば、と彼に問いかけた。

「どうしてお前、風間さんの銃を知っていたんだ？」

「そりゃもう、蛇《じゃ》の道はヘビ」

高沢の問いに答えることなく峰は話題を変えた。

「ところで、いいのか？　風間若頭補佐と組長二人で風呂になんて行かせて」

「……いいのか、とは？」

どういう意味だ、と眉を顰めた高沢に向かい峰が呆れてみせる。

「組長が誘惑されないか、気にならないのかよ」

「…………気にしたところで……」

仕方がないだろう、と言いかけ、何を言ってるんだか、と自重した高沢を横目に、峰が肩を竦める。

「知らないのか？　風間さん、バイだぞ。筋金入りの」

「……そう……なのか？」

問いかけた高沢に峰は、本当に知らないのか、と呆れてみせながらも説明をしてくれた。

「男も女も、両方好きだという話だ。男は抱くほうも抱かれるほうもオッケーなんだってよ。ムショ内でもおさかんだったらしいぜ」

「……そうなのか……」

それ以外、相槌の打ちようがなく頷いた高沢の顔を、峰が覗き込んでくる。

「組内でも今、噂になってるぜ。組長の寵愛がお前から風間さんに移ったんじゃないかって」

「……それは……」

そのとおりかもしれない。我知らぬうちに項垂れた高沢の背を、峰がどやしつける。

「きばれや、姐さん。愛人の意地、見せてやれ」

「愛人の意地、か……」

そんなものはない。苦笑する高沢の胸がチリチリと痛む。

「さすがに、組長と若頭補佐がデキてるっていう図は寒すぎるから、それはないと、皆、思ってはいるだろうけどな」

峰の言葉がフォローにしか聞こえない。またも苦笑した高沢に峰が問いかけてくる。

「お前としてはどうなんだ？　現状で満足してるのか？」

「……概《おおむ》ね、満足している」

答えてから高沢は、ちょうど手に握っていた櫻内愛用の銃を見やった。

四十四口径。櫻内もまた、銃の名手の一人である。

「好きなときに銃が撃てるこの環境は気に入っている」

頭に浮かぶ櫻内の姿を打ち消しつつ、一般論として答えた高沢の声は酷く上擦っていた。

「お互い、拳銃馬鹿だよな」

苦笑し、高沢の肩を叩く峰に笑顔を返しながらも高沢は、今入浴中であろう二人に思いを馳《は》せた。

「ああ、そういや風間若頭補佐の愛人と言われている銀座のホステスな、あれ、やっぱり妹らしいぞ」

そんな高沢の心を見透かしたように、峰が会話を継続する。

「……そうなんだ」

「顔、似てると思ったんだよな。父親だか母親だかは違うってさ」

峰はそう言ったあと「だとすると」と会話を続けた。

「風間さんはバイじゃなくてゲイなのかもな。組長のことも、マジで狙ってるのかもしれねえな」

「……相思相愛なのかもな」

軽口を叩こうとした高沢だったが、言った傍から後悔した。似合わない軽口を叩いた結果、峰に真剣に慰《なぐさ》められたためである。

「冗談だって。組長の寵愛は姐さん、あんた一本だよ」

「……………」

気を遣わなくていい。高沢はそう言おうとしたが、言えば峰がことさら気を遣うと思い、

「さっさと片付けよう」

と率先して掃除をはじめた。峰もそれに従う。

「射撃練習場内じゃどうなのよ」

峰が話題を振ってくるのに、

「情報収集か？」

と半ば冗談で問い返すと、峰は少しぎょっとした顔になり高沢に逆に問い返してきた。

「え？」

「なんか俺の噂、耳に入ってるのか？」

思いもかけない問いかけに、高沢は驚き峰を見た。

「違うのか」

安堵したように笑う峰に「どういうことだ？」と問いを重ねる。

「いや、なんか最近、やたらと視線を感じるんだよな。視線っつーか、監視されてるっつーか、そんな感じで」

顔を顰めた峰に高沢は再度、

「どういうことだ？」

と問いかけたが、それに峰は「気のせいかもしれない」と笑ってみせただけだった。

「多分俺は好奇心が旺盛《おうせい》すぎるんだよ。でもって俺の好奇心をよく思ってない連中がいるってだけだ」

「なぜ好奇心が旺盛なんだ？」

そこからしてわからない。首を傾げる高沢を見て、峰は一瞬唖然としたが、すぐにげらげら笑い出した。

「皆が皆、お前みたいな奴なら、抗争も何も起こらないいんだろうな」

「抗争が起こる予兆があるのか？」

そういうことだろう。聞き咎め問い詰めようとした高沢を、峰がするりとかわす。

「そういうわけじゃない。が、ヤクザに抗争はつきものだろう？」

「……お前は何を求めてるんだ？　我々はヤクザじゃないよな？」

杯《さかずき》は受けていない。外注のボディガードのはずである。

「そのとおり」

峰は笑うと手を伸ばし、ぽんと高沢の肩を叩いた。

「お前と話していると落ち着くわ」

「……何をしようとしている？」

高沢は昔から勘がよく働いた。今の峰からは危険な匂いがする。彼の企《たくら》み、というよりは、何かに巻き込まれつつあるのではと案じ、そう問いかけると、果たして峰は、またも啞然とした顔になったあと、ぷっと噴き出し、再び高沢の肩を叩いた。

「安心してくれ。何もしようとしちゃいない。安住の地を手放すつもりはもともとないさ」

「……ならいいんだが」

しかし嫌な予感がする。顔を顰めた高沢の、その顔を覗き込むようにして峰が笑いかけてくる。

「そうも心配されると、俺に惚《ほ》れてるのかと誤解するぞ」

「惚れてはいないが」

真面目《まじめ》に答えた高沢を見て、峰が噴き出す。

「惚れてもいいぞ」

「馬鹿」

今度は高沢が噴き出すと、峰はいつも高沢が笑ったときにみせるリアクションをしてみせた。彼はいつも、一瞬、眩《まぶ》しいものを見るような目で高沢を見てから、すっと視線を逸らせるのである。

と、そこに早乙女が「おい、何やってんだよ」と飛び込んできて、二人の会話は途切れることになった。

「組長がお呼びだ。早く来いや」

「もう、風呂から上がったのか？」

早いな、と驚く高沢の腕を引き、早乙女が急かす。

「あとはやっておくさ」

「悪いな」

声をかけてきた峰に笑顔を返すと、なぜだか早乙女が不機嫌丸出しの顔になった。

「誰彼かまわず、愛想振りまいてんじゃねえよ」

「誰が」

素でわからず問い返すと早乙女は、

「あんただよ」

と言い捨て、ふいとそっぽを向く。

「愛想、ね……」

今のが『愛想』になるのか、と、首を傾げていた高沢を無視し、無言のまま早乙女が彼を連れていったのは離れの一室だった。

「失礼します」

座れ、と隣に正座させられた襖の前で早乙女は室内に声をかけると、両手でその襖を静かに開く。

「…………」

中には浴衣姿《ゆかたすがた》の櫻内がいた。渡辺が料理を並べている。二人以外、人がいないことに高沢は戸惑いを覚え、視線を早乙女へと向けた。

「風間なら帰ったぞ」

だが答えたのは櫻内だった。

「来い」

すっと右手を差し伸べてくる櫻内を、半ば唖然としながら高沢は眺めてしまっていた。

「行けって」

早乙女が囁き、高沢の背を促す。

「失礼いたします」

渡辺が慌てた様子で部屋を出る。ちらと彼が視線を注いできたことに気づき、高沢の頬には血が上ったが、羞恥《しゅうち》を覚えている暇はなかった。

「早くしろって」

早乙女に、室内へと追いやられてしまったためである。

高沢の背後で襖は閉まり、部屋には櫻内と高沢、二人きりとなった。

「どうした。早く来い」

櫻内が尚も手を差し伸べてくるのに、高沢は彼へと歩み寄ると、前に座った。銚子《ちょうし》を手に取り、日本酒を猪口《ちょこ》に注《つ》ごうとする。

「余裕だな」

くす、と櫻内が笑ったかと思うと、銚子を持つ高沢の手を握ってきた。

「……っ」

弾みで日本酒が零《こぼ》れ、あ、と声を上げそうになったところを、強く腕を引かれ、膳越《ぜんご》しに櫻内の胸に倒れ込んだ。

「抱かせろ。今すぐ」

言いながら櫻内が高沢の頬に手をやる。

「…………」

高沢の鼓動が高鳴る。声を発することもできず、動けずにもいた間に櫻内は膳を押しやると、その場で高沢を組み敷いた。

「隣の間に……」

いつもであれば布団が敷いてあるはずである。そう告げようとしたが、櫻内は耳を貸さなかった。

「ん……っ」

唇を唇で塞《ふさ》がれ、シャツをあっという間に脱がされる。もうはじめるのか、と驚いていた高沢だが、抵抗する気はもとよりなかった。

あっという間に全裸に剝《む》かれたところに櫻内が覆《おお》い被《かぶ》さってくる。彼は浴衣の下に下着を身につけていなかった。

「あ……っ……あぁ……っ……あっ……」

乳首を舐《ねぶ》られ、雄を握り込まれる。親指と人差し指の腹で先端のくびれた部分を擦《こす》り上げられただけで、高沢は早くも甘い声を漏らしはじめてしまっていた。

挿入を期待し、身体が疼く。無意識のうちに高沢の手は櫻内の浴衣の裾《すそ》を割り、彼の雄を握り締めていた。

「積極的じゃないか」

くす、と笑われ自身の行動に気づいた高沢が、羞恥に耳まで赤くなる。

「放っておいたからな。欲求不満か？」

くすくす笑いながら櫻内が、高沢の手を摑んで再び自身の雄を握らせ、その上から手を握ってくる。

「抱いてほしい。挿《い》れてほしい……言ってみろ」

耳許《みみもと》で囁《ささや》き、手を動かす。既に勃《た》ちきっていた櫻内の雄はそうしている間にも達してしまうのではないかと思われるほど、先端からドクドクと先走りの液を滴《したた》らせていた。

「…………」

抱かれたい。この逞しい雄で突き上げられたい。欲求は募るが、口にすることはやはり、高沢には憚《はばか》られた。

男としての矜持《きょうじ》もある。が、それ以前に高沢は今の櫻内の言葉がひっかかっていた。欲求不満だから抱かれたいのではない。それでは誰でもいいようではないか。違うのに、と思うと同時にふと、櫻内はどうなのだという疑念を持ってしまったのだった。

櫻内に自分の代わりはいたのか。いないわけがない。普通に考えてそうだろう。彼に憧《あこが》れる組員は多いし、組の外にも、それこそ美人ホステスやらなにやら、相手に不足があるわけもない。

だから櫻内は『欲求不満』ではない。そういうことなんだろうかと、ぼんやりとそれらのことを考えていた高沢は、響いてきた櫻内の打って変わった不機嫌な声に、はっと我に返った。

「随分余裕だな。考え事など」

「…………いや…………」

今や櫻内は高沢の顔を挟むように両手を畳上につき、じっと顔を見下ろしていた。彼の目には怒りの色がある。

「何を考えていた？」

問われ、高沢は一瞬言いよどんだものの、黙り込めばこのまま櫻内が行為をやめ、帰宅してしまいかねない雰囲気を察し、己の胸の内を明かすことにした。

「……俺の代わりはいたのかと……」

「何？」

ぼそりと告げた言葉が聞き取れなかったのか、櫻内が問い質《ただ》してくる。

「…………だから…………」

仕方がない、もう一度、と言おうとして伏せていた目を上げた高沢は、己を見下ろす櫻内の目が笑っていることに気づき、聞こえないふりか、と彼を睨んだ。

「どうした？」

にやり、とはっきり笑ってみせながら櫻内が、もう一度言え、と高沢を促す。

機嫌は直ったようだ。安堵すると同時に、コッチの機嫌は直っていない、と高沢は先ほどと同じ言葉ではなく、自分を苛立たせた内容を指摘するべく口を開いた。

「俺は欲求不満じゃない」

「なるほど。俺に抱かれたかった、そういうことか」

ふふ、と櫻内が笑いながら、再び高沢に覆い被さる。

「素直すぎて気持ちが悪い。たまには放置するのもいいというアレの言葉もあながち出鱈目《でたらめ》ではなかったな」

「『アレ』？」

誰だ、と問おうとしたときには櫻内により両脚を抱え上げられていた。露《あら》わにされた後孔《こうこう》に櫻内の逞しい雄が押し当てられる。

「……あ……っ」

先走りの液に濡れた先端の、ぬる、とした感触に、高沢の背筋をぞわぞわとした快感が走り、内壁が自分でもどうしたのかというくらい激しく蠢いて、櫻内の雄を中へと誘《いざな》った。

「可愛《かわい》いな、お前の身体は」

櫻内がくすりと笑い、先端をずぶ、と挿入させる。堪らず腰を突き出したくなる衝動を抑えかね、高沢はその衝動のままに腰を突き出し両脚を櫻内の背に回していた。

「身体だけじゃなく、お前も可愛い」

櫻内がちらと自身の背を見やったあと、高沢に脚を解かせ改めて両脚を抱え直す。

「あぁっ」

そうしてぐっと奥まで貫くとすぐ、激しく高沢を突き上げはじめた。

「あっ……あぁっ……あっあっあーっ」

互いの下肢《かし》がぶつかり合うときに、パンパンと高い音が響き渡るほどの勢いに、高沢はあっという間に快楽の頂点へと追いやられていった。

背中は殆ど床についていない。不自然に腰を上げさせられた姿勢は苦しくて仕方がないはずのものなのに、その苦痛が殊更《ことさら》高沢の快感を煽《あお》っているのもまた事実だった。

「もう……っ……あぁ……っ……もう……っ」

高沢の脳裏《のうり》に、今朝見たばかりの夢が蘇《よみがえ》る。絶頂に次ぐ絶頂を味わったあと、手を伸ばそうとすると目が覚めてしまう。欲しくて堪らない『実体』を果たして今、本当に自分は手にしているのか。不安が募り、それを確かめようと両手両脚で櫻内の背を抱き締める。

「ん……っ？」

しがみつこうとする高沢を見下ろし、櫻内は少し不思議そうな顔になったものの、すぐにふっと笑うと、高沢の手を解かせ、その手を握り締めてきた。

「あぁ……っ」

力強いその感触に、これは夢などではない、と察した高沢の頬に笑みが浮かぶ。

「……っ」

と、頭の上で櫻内が息を呑《の》む音が聞こえた気がし、高沢は彼の顔を見ようといつしか閉じてしまっていた瞼《まぶた》を上げた。

「あ……っ」

途端に櫻内と目が合い、どき、と鼓動が高鳴る。

「今、締まったぞ」

ふふ、と櫻内が笑い、高沢の手を離すとまたも両脚を抱え直し、更に高く腰を上げさせながらより荒々しく高沢を突き上げはじめた。

「もう……っ……あぁ……っ……もう……っ……もう……っ」

喘《あえ》ぎすぎて呼吸困難に陥っていた高沢の意識は混濁し、朦朧《もうろう》としてきてしまっていた。内臓がせり上がるほどに逞しい雄をリズミカルに突き立ててくる櫻内の動きは少しも衰えをみせず、彼がまだまだ余裕であることを感じさせる。

このまま、昂《たか》まりに昂まりまくって、おかしくなってしまえばいい――自棄《やけ》になっているわけではなく、それが一番の幸福ではないかという思考がちらと高沢の頭に浮かんだ。

「……え……」

そんなことを一瞬でも考えている自分に戸惑い、高沢の目が泳ぐ。

「どうした?」

少しの息の乱れもみせず、櫻内が問いかけてきたが、高沢は答えることができなかった。自分で自分が信じられない、と、朦朧とした意識の中、ただ首を横に振り続ける高沢を見下ろし、櫻内はまたふっと笑ったかと思うと、高沢の片脚を離した手で彼の、先走りの液でべたべたになっていた雄を握り、一気に扱《しご》き上げてくれた。

「アーッ」

直接的な刺激に耐えられるわけもなく、高沢はすぐに達すると、白濁した液を櫻内の手の中に飛ばしていた。

「……っ」

射精を受け、高沢の後ろが激しく収縮する。それで櫻内も達したらしく、ずしりとした精液の重さを中に感じ、高沢は思わず、ああ、と嘆息した。

愛しい重さ――求められている実感だ、と目を閉じ微笑む高沢の脳裏にふと、さきほどの櫻内の言葉が蘇る。
『たまには放置するのもいいというアレの言葉もあながち出鱈目ではなかったな』
アレ――もしやそれは風間のことなのではないか。
確かめたいと思う一方で、確かめることを厭《いと》う己の心理に戸惑いを覚えながらも、高沢は櫻内の少し汗の滲んだ背にしがみつく。櫻内の『実体』が今こそ己の腕の中にあるのだという証明を得ようと必死になる、そんな自分の必死さに高沢はそのとき戸惑いと、そして幾許《いくばく》かの愛しさともいうべき自己愛を覚えていた。

3

「おはようございます……あの……」

部屋まで高沢を起こしに来た渡辺は、彼の様子を見て赤面し顔を背けた。

「……悪い。なんだ?」

高沢は全裸だった。身体のそこかしこに櫻内のつけた情痕《じょうこん》が残っている。

昨夜、櫻内は高沢の身体を貪《むさぼ》るだけ貪ったあと、松濤の自宅へと帰っていったようだった。

『ようだった』というのは、そのときには高沢の意識はなかったためで、朝、渡辺に起こされ目を覚ましたときに、隣に櫻内がいないことで今回も泊まらなかったと察した、というわけだった。

そのことを気にしてしまう自身の心を誤魔化しつつ、裸でいるのも気まずかったので、櫻内が着ていた浴衣が枕元に畳んであったのを羽織っていると、渡辺がおずおずと声をかけてきた。

「あの……」

渡辺は『あの』と言ったきり、先を続けられずにいる。彼が何を言いたいのかわからなかったがゆえに、高沢は自身の知りたいことを問うてみることにした。

「組長はいつ帰った？」

「あ、はい。昨夜遅い時間に」

渡辺がはっとしたような顔になり、頭を下げつつそう答える。

「泊まらない理由を何か言っていたか？」

できるだけさりげなく問いかけたつもりではあったが、少しもさりげなくはできなかったようで、渡辺は困り切った様子で、

「いえ、特には……」

と答え、また俯いた。

「悪かった……で？」

用件はなんだ、と問いかけると、渡辺は少しもじもじしていたが、やがて思い切ったように顔を上げ、高沢を真っ直《ま》ぐ《す》に見つめてきた。

「あの、オレ、高沢さんの役に立ちたいんですけど、何かすること、ないでしょうか」

「……え……？」

思いもかけない渡辺の発言に高沢は絶句したのだが、続く彼の言葉を聞き、そういうことか、と納得した。

「た、たとえば、組長はなぜここに泊まらないのか探れとか、あと、組長と若頭補佐の関係

が不適切じゃないかを調べろとか……っ」

「……ああ……」

納得したものの、果たして自分が、今、渡辺が口にした二つのことを知りたいかと考えた場合、素直に頷けないものを高沢は感じていた。

それらは櫻内本人の口から聞きたいことである。が、せっかく申し出てくれたものを、いらないと断るのもなんだか悪い気がして、高沢は一瞬思考を巡らせたあとに、自分にはなし得ないが『知りたい』ことを思いついた。

「一つお前に頼みたいことがある」

「なんでしょう」

渡辺が生き生きとした様子で問い返してくる。

「三室所長の見舞いに行ってもらえないか？　所長の様子が気になる。本来なら俺が行きたいところなんだが、所長代理としてはここを離れるわけにはいかないから」

「……あ……わかりました」

どこか拍子抜けした表情を浮かべつつも渡辺は即答し、高沢に対して深く頭を下げた。

「昼食の仕度が終わり次第、見舞いに行ってきます。結果はすぐ報告しますので」

「ありがとう」

礼を言った高沢の前で渡辺は顔を上げると、

「あの」

と思い詰めた表情のまま問いかけてきた。

「なんだ?」

「高沢さんは気にならないんですか?　なぜ、組長がここに泊まらないか……」

「…………」

話題を渡辺が戻したことに、高沢は驚きを感じていた。彼の問いへの答えは『気になる』だったが、それを渡辺に聞かれた理由も、そして彼に答える理由も一つとして思いつかなかった。

「お前は気になるのか?」

逆に問いかけた高沢を前に、渡辺が傷ついた顔になる。

「……オレは……」

何かを言いかけた渡辺だったが、すぐに「すみません」と頭を下げた。

「…………………」

渡辺の意図がわからない。慕われている自覚はあった。が、早乙女がかつて抱いていたような、ギラギラした感情はないような気がする、と渡辺を見やる。

「……あの……」

視線に気づいたのか、渡辺が顔を上げ、高沢を真っ直ぐに見返してくる。

ギラついた感情はない。が、それ以上に何か、純粋なものを感じる。それゆえ高沢は、自分にはそんな価値はないと教えねばと口を開いた。

「俺はつまらない人間だ。自分でもいやというほど自覚している」

「……価値は……自分では決められないものなんじゃないでしょうか」

渡辺はそう言うと、すぐさま、

「生意気言ってすみません」

と頭を下げてから、おずおずと顔を上げ再び高沢を見つめてきた。

「………………」

やはり彼の気持ちはわからない。が、好意を抱かれていることは間違いない気がする。好意というよりは同情だろうか。しかし何に対する、と首を傾げながらも高沢は、

「それでは、三室所長のこと、頼んだぞ」

と告げると、話が終わったことを示すため、立ち上がろうとした。

「あぶない……っ」

思いの外《ほか》、足下《あしもと》がふらついたのを、慌てた様子で渡辺が支えてくれる。

「ありがとう。大丈夫だ」

微笑み、渡辺の胸に手をついて身体を離そうとしたところ、不意に抱き締められた——ような気がした。

「……おい」

声をかけた直後、渡辺ははっとした顔になり、高沢の背に回していた腕を解く。

「あの……違うんです。オレはただ、その……」

言い訳をはじめた渡辺は泣き出しそうな雰囲気があり、高沢は、もういい、と首を横に振った。

「行け」

それだけ告げると渡辺は泣きそうな顔のまま、

「はい……っ」

と返事をし「失礼します」と頭を下げてから部屋を出ていった。

「…………」

わからない。彼の心理が。

首を傾げながらも高沢は、悩んだところで所詮《しょせん》、人の心などわかるわけがないのだと諦《あきら》めをつけ、一人シャワーを浴びに浴室へと向かったのだった。

午後になり、高沢が組員たちに射撃の指導をしているところに、渡辺が「話がある」と声をかけてきた。

風間の計らいで監視カメラが外されることになった喫煙所で、高沢は渡辺と二人、向かい合うことになった。

「まずは三室さんですが、順調に回復されています。おそらく、近日中に復帰の目処《めど》が立つと思われます」

渡辺の報告に高沢は心からの安堵の息を吐いたあと、

「しかし」

と続けた彼の報告内容が気になり眉を顰めた。

「同じく入院している金子は未だ、意識を取り戻していません……が、オレ、金子に見覚えがある気がして仕方がないんです」

「見覚え？　どこでだ？」

問いかける高沢に渡辺は「わかりません」と首を横に振った。

「ただ、オレ、菱沼組になんとか入りたくて必死でしたから。で、組のことを調べているときにどこかで見たんじゃないかと、そうは思うんですけど」

正解には辿《たど》り着かなかった、という渡辺の報告をどう取っていいものか、高沢は正直迷っていた。

「何かわかったことがあれば、教えてくれ」

「はい、わかりました」

渡辺が返事をし、高沢をじっと見つめる。何か言いたげであることはわかったが、高沢は敢えて気づかないふりをし、「それじゃあ」と微笑んでから先に立って喫煙所を出た。

渡辺が続く気配はない。ちらと振り返るとじっと自分の背中を見つめていたらしい渡辺と目が合った。

「………」

途端に赤面し、頭を下げると渡辺は、気まずそうな顔のまま喫煙所から飛び出してきた。

「失礼します」

そう高沢に声をかけつつ、横をすり抜けるようにして立ち去っていく。

そんな彼の後ろ姿を目で追いながら高沢は、果たして今後渡辺とどう接すればいいかを考えはじめた。

渡辺は今、高沢をはじめ練習場内にいる組員たちの食事や洗濯等、身の回りの世話を焼いてくれている。人数が増えた際に当番制にしようと提案したが、渡辺自ら、一人で大丈夫だと断ってきたのだった。

おかげで他の組員たちは、警護の担当以外の時間を銃の練習にあてることができている。今、渡辺がいなくなれば彼らも、何より自分も不自由を感じるであろうが、果たしてこのまま渡辺を練習場内に残しておいていいものかと、それを高沢は悩んでいた。

渡辺は早乙女の舎弟であるので、まずは早乙女に相談すべきだろうが、練習場に置いてはいられない理由を聞かれた場合、与えるべき答えがない。

下手《へた》なことを言おうものなら、血の気の多い早乙女は渡辺を折檻《せっかん》しかねないと思うと、それも気の毒だと高沢は溜め息を漏らした。

しかし放置しておいていいものとも思えない、と、渡辺のどこか思い詰めたような真剣な眼差しを思い出す。

少し様子を見よう。何の解決にもならない結論に達したことにまた高沢が溜め息を漏らしたそのとき、早乙女が慌てた様子で声をかけてきた。

「おう、いた！　おい、今、若頭補佐が練習場にいらしてるぜ」

高沢を探していたらしい早乙女が、来い、というように腕を摑む。

「若頭補佐……風間さんが？」

昨日来たばかりなのに。驚き問いかける高沢を引き摺《ひず》るようにし、早乙女が足を速める。

「銃を撃ちてえんだってよ。あんたに指導してほしいそうだ。ほら、急げって」

「指導って……必要ないだろうに」

ぼそりと呟いた高沢の声が耳に届いたのか、早乙女が足を止め、振り返った。

「妬《や》いてんのかよ？　気持ちはわかるが若頭補佐の命令には従ったほうがいいぜ」

心配そうにそう告げる早乙女に、違う、と高沢は首を横に振った。

「そうじゃない。あの人の腕前は俺以上だと言ってるんだ」

「え？　マジか？」

早乙女が驚いたように目を見開く。

「あんた、オリンピック選手だろ？　それより上？」

「オリンピック選手『候補』だ」

一応訂正してから高沢は「おそらく」と頷いてみせた。

「すげえな、風間の兄貴。喧嘩《けんか》も強えって評判なんだよ。なんでもできるんだなー」

感心していた早乙女だが、すぐ、我に返った様子になると、

「ともかく、来いよ」

と高沢の腕を再び引き、歩きはじめた。

「指導してほしいって言うもん、無視もできねえだろ？　あんた一応、ここの教官代理なんだし」

言いながら早乙女がちらと高沢を振り返る。

「なんだ？」

「あ、いや、その」

早乙女は少し言いよどんだあとに、やはり気になったのか、改めて問いかけてきた。

「妬いてはねえのかよ？」

「………どうだろうな………」

答えるつもりはなかったが、なぜかそのとき高沢はぽつりとそう呟いてしまっていた。

「えっ」

答えが返ってくるとは思っていなかったらしい早乙女が仰天した声を上げ、またも足を止める。

「………」

振り返った早乙女の顔を見た瞬間、高沢は己の発言を悔やまずにはいられなくなった。

「やっぱり嫉妬してたんだなー。わかるぜ。でもよ、大丈夫だと思うぜ。組長、昨夜もその……な？　ガンガンきたんだろ？」

言いながら早乙女が、高沢のシャツの襟元《えりもと》へと視線を向ける。首筋にくっきりとキスマークが残っていることを思い出し、羞恥から高沢は襟元を合わせると、にやついていた早乙女に向かい、

「急ぐんだろ？」

と逆に声をかけ歩きはじめた。

「心配すんなって。組長の寵愛はまだ、あんたにあるよ」

早乙女が尚も高沢の背に声をかけてくる。本人としては慰めてくれているつもりなのだろうが、いたたまれなさが募るだけなのでやめてほしいと、そう思いながら高沢は無言のまま

練習場へと足を速めたのだった。

「やあ」

高沢と早乙女が練習場に入っていくと、風間が笑顔で二人を迎えた。傍には渡辺が銃を載せた盆を差し出している。

「また来やがった、という顔だね」

「いえ、そんな」

にこやかにからかってくる風間に、高沢がどう対応していいものかを迷いつつ頭を下げる。

「銃がまた撃ちたくてさ。昨日、五年ぶりに撃ったらその手応《てごた》えが夜中まで残って、興奮して眠れなかった。やっぱりいいよね」

言いながら風間が、渡辺の捧げる盆を見る。

「あ……」

渡辺には風間の愛用の銃が自動式だと教えていなかった。リボルバー式の拳銃が並んでいる盆を見て高沢はすぐさま近くに駆け寄ると、

「申し訳ありません。今、ベレッタを」

と頭を下げ、渡辺に指示を出そうとした。

「違う違う。俺が彼に頼んだんだよ。今日はリボルバーが撃ちたいって」

風間が高沢の先回りをしてそう言うと、盆の上からニューナンブを取り上げた。

「…………」

自分が愛用している銃である。どき、と高沢の胸がいやな感じで高鳴る。

「これにしよう。一緒に撃たないか？」

「……あ、はい」

頷くと高沢は、盆の上の銃を見た。

「あ、持ってきます」

渡辺が慌てた様子で立ち去ろうとする。

「いや、いい」

その必要はない、と、高沢はS＆W社の銃を手に取った。

「フォーム、見てもらえる？」

風間がイヤープロテクターを耳にはめ、銃を構える。

相変わらず無造作に風間は腕を上げると、続けざまに六発撃ち込んだ。

「……すげえ……」

早乙女が思わず声を漏らすのも当然で、六発の銃弾は正確に的を撃ち抜いていた。

オートマティックもリボルバーも使いこなすとは。高沢もまた感心していたが、プロテクターをはずした風間が振り返り、

「どうかな？」

と問いかけてきたのに、的を近くまで取り寄せるべく管理室に手を挙げた。

そんなことをせずとも、高沢の目には六発の銃弾がすべて的の中心で重なっていることがわかっていたのだが、それを本人に見せねば『教えることはない』という言葉を納得してもらえないと思ったためである。

「フォームも申し分なしです。私に教えられることはありません」

逆に教わることはありそうだ、と思いはしたが、なんとなく阿《おもね》るように聞こえるかと思い、高沢は言わずにすませた。

「ありがとう。止まった的を撃つのは苦手なんだが、高沢君の前だといい感じに緊張できるから、きっとそれがいい結果に繋がるんだろうな」

「…………」

なんと返していいかわからない。礼を言うのも違和感があるし、と俯いた高沢の耳に、どこまでも明るい風間の声が響く。

「高沢君の撃っているところを見せてもらえないか？　是非手本にしたい」

「……手本にはならないと思いますが……」

謙遜《けんそん》ではなく本心からそう言いはしたものの、自分は一応この練習場の『教官』であるため、高沢は固辞はせず銃を構えた。

的を前にすると、特に意識せずとも集中力が高まる。

「お手並み拝見、だね」

風間がそう声をかけてきたが、耳に入ってはいたものの、そう気にはならなかった。すう、と息を吐き出してから的を見据え、引き金に指をかける。

ダーァァァン

一発目、的の中心を撃ち抜いたのがわかった。硝煙《しょうえん》の匂いが高沢の鼻腔を擽《くすぐ》り一瞬頭の中が真っ白になる。

続けて五発、発射したが、すべての銃弾は的の中心に集まっていることを高沢は確信していた。

「凄いな」

ヒュウ、と風間が口笛を吹き、高沢に笑いかけてくる。

「普段の銃じゃないんだろ？　ああ、そうだ。ベレッタも撃てる？」

「一応は……」

高沢が頷くのを待たずして風間が、近くにまだ盆を手にしたまま佇《たたず》んでいた渡辺を振り返り指示を出していた。

「ベレッタ、持ってきてもらえるかな？」

「は、はいっ」

高沢の射撃に見惚れていたらしい渡辺は、はっと我に返った顔になるとすぐさま奥へと引っ込んでいき、ベレッタを二丁、盆に載せ戻ってきた。

「一緒に撃とう」

風間が高沢に一丁を差し出してくる。

「……はい」

勝負のつもりだろうか。そう思いはしたが、わざわざ確認するのもどうかと思い、何も聞かずに銃を受けとると、高沢は管理室に合図をし、風間と自分のために新しい的の用意をさせた。

「それじゃ、撃とう」

風間が微笑んでそう言ったかと思うと、プロテクターを装着し、先ほど同様、無造作に銃を構えた。高沢も隣で銃を構える。

ダンダンダン、と連射する風間の横で高沢も撃ちはじめた。自動式はあまり使ったことはないものの、苦手意識はない。隣で音が止《や》んだので高沢も撃つのをやめたのだが、見やった先、自分の的も、そして風間の的も、全て中央部分だけが撃ち抜かれているのがわかり、なんとなく安堵した。

「楽しいな。勝負したくなる」

風間が心底楽しそうにそう言い、高沢の顔を覗き込む。

「勝負……ですか」

今のは勝負ではなかったのだろうか。と高沢は内心首を傾げつつ、したいというのならするが、勝てる気はしない、と風間を見返した。

「ん？」

風間がにっこりと目を細め微笑んでくる。

彼はおそらく、人間を撃つことに——撃ち殺すことに、少しの躊躇いも持たないタイプだと高沢は見抜いていた。そして動かぬ的より動く的のほうを好み、かつ得意にするタイプであるとも察していた。

やむを得ない場合は人を撃つが、極力避けたいと思っている。そんな意識の自分が風間に勝てるわけがないとわかりきっていた高沢は、それを伝えようと口を開いた。

「私には勝てません」

「……っ」

高沢の言葉に、風間よりも先に渡辺が反応した。びく、と身体を震わせた彼を風間が振り返り、じっと顔を見つめる。

「……あ、あの……失礼しました」

消え入りそうな声を出す渡辺を尚も風間は見つめていたが、やがて、ふっと笑うと視線を高沢へと移した。

「勝てないって、君はおべんちゃらを言うタイプじゃないと思うんだけど」

「はい」

そのとおり、と頷いた高沢を見て風間が噴き出した。

「そういう素直なところが、玲二のハートを射止めたのかな？」

「………」

今度こそ、リアクションのとりようがない。黙り込んだ高沢に風間が、尚も顔を近づけてくる。

「玲二の気持ちもわかる……けど、愛人はともかく、人を殺せないボディガードは役割を果たせてないよね。玲二の身が心配だ」

風間の顔からいつの間にか笑みが消えていた。自分を排斥したい、そういうことだろうか、と高沢は無言のまま、無表情ともいうべき状態の風間の、端整すぎるほどに端整な顔を見返していた。

「だから」

と、ここで風間がまた、にっこり、と花のような笑みを浮かべてみせる。

「いっそのこと、愛人に特化したらどう？　玲二もそれを望んでいるよ」

「……あの……」

なぜ櫻内が『望んでいる』とわかるのか。本人から聞いたのかと確認しようとした高沢に風間は、

「あくまでも俺の見立てでは、だけれどね」

先回りしてそう笑い、ぱちりと片目を瞑《つむ》ってみせた。

「だってこれから、ますます玲二の身に危険が迫りそうだろ？　そんなときに人を殺すのに躊躇《ちゅうちょ》するボディガードは百害あって一利なしだ。君の銃の腕は買うけど、君のその躊躇は買えない。だから愛人役に専念すればいい。今度玲二にそう言うつもりだ。銃ならほら、ここで好きなだけ撃てばいいじゃないか。動かない的を、さ」

風間の口調は決して嫌みではなく、実に明朗快活だった。思いやりすら感じさせる優しさをも含んでいたが、高沢の耳に今の言葉はとても、快適には聞こえなかった。

しかし、相手が若頭補佐だけに言い返すこともできず黙り込む。と、そこで思わぬ男が口を開いた。

「あの……高沢さんはちゃんと、人を撃つこともできます。組長の身が危険に晒《さら》されたときは相手を撃ち殺すのに躊躇なんてしません」

「渡辺、よせ」

思い詰めた顔で風間に訴えかける渡辺を、高沢は慌てて制した。

なぜ彼がいきなり自分を庇《かば》うようなことを言い出したのか。組の底辺といってもいい位置にいる彼が若頭補佐に口答えをしたことに高沢は驚き、渡辺を黙らせたあと、風間に深く頭を下げた。

「失礼しました。彼は私の……その、射撃の生徒でして、ボディガードの職を守ってくれようとしたのではないかと……」

しどろもどろになりながらも渡辺をフォローしようとした高沢の腋《わき》を冷たい汗が流れた。慣れないことはするものではない。自身でもそう思いながら、風間の顔色を窺う。と、風間は高沢の心配を余所《よそ》に、くす、と笑いを漏らすと渡辺を振り返り、まさに『花のように』笑ってみせた。

「君、渡辺君っていうの？　高沢君のことが大好きなんだね」

「……あ、あの……っ」

渡辺が顔を真っ赤にし、項垂れる。

「可愛いね」

ふふ、と笑いながら風間は銃を持っていないほうの手をすっと伸ばし、掌《てのひら》で渡辺の頬を包むようにした。

「…………」

渡辺が固まるのがわかり、高沢は、助け船を出すべく、

「渡辺、もう下がれ」

と彼をこの場から立ち去らせることにした。

「は、はい」

渡辺は直立不動となったあと、

「失礼いたしますっ」

と大声で挨拶《あいさつ》しながら深く頭を下げ、銃の倉庫へと向かい駆け出していった。

「高沢君も渡辺君を可愛がっているんだ」

またも、ふふ、と風間が笑い、改めて高沢の顔を覗き込んでくる。

「可愛がるというか……」

生徒なので、と先ほどの言葉を繰り返そうとした高沢の言葉を、風間が封じた。

「ああ、そういえば、明後日、大阪に行くんだよ」

まるで違う話をしはじめた風間に高沢は戸惑いながらも、

「そうなんですか」

と相槌を打った。

「八木沼《やぎぬま》組長に挨拶にね。そうだ、八木沼組長も君のファンらしいね。だから玲二は君をボディガードに加えないのかな」

「…………」

にこにこと笑いながら問いかけてくる風間に対し、高沢は答えるべき言葉を持たず黙り込んだ。

「本人に聞かれても困るよね」

心得ている、と風間がまた、にっこり笑って頷いてみせる。

なんだか疲れる会話だ。もとより高沢は人とのかかわりが得意ではないものの、対人でこうも疲れる体験をしたことがなかった。

気を遣うというのとも少し違う。悪意をかわすというのでもない。ただ、疲れる。それで俯いた彼の耳に、どこまでも明るい風間の声が響いた。

「ああ、そうだ。百合子《ゆりこ》。覚えてるかな？　銀座で紹介したろう？」

「あ、はい」

風間の愛人と紹介された、銀座の高級クラブのママの顔を高沢は思い出しつつ頷いた。

風間とよく似ている。が、血の繋がりはないと本人たちは言っていた。だが昨日の峰の話では、片親は違うが妹であるという。

果たして正解はどちらなのか。やはり本人が言うほうが正しいのでは。何より兄妹であることを隠す理由はないのだしと高沢は、以前紹介された、風間がナルシストだから自分と同じ顔の女を愛人にしたのだ、と明るく言い放っていた百合子の笑顔を思い出した。

それと同時に高沢はやはり昨日峰から聞いた、風間がバイであるという噂も思い出していた。男も女も、抱く方も抱かれるほうもいけるという。

抱くほうも抱かれるほうもいけるということは——と、あらぬ方向へと高沢の思考が行きかけたのを察したわけではないだろうが、またも風間が口を開いた。

「百合子が是非、君に銃の手ほどきを受けたいと言っているんだ。ここに連れてきてもいいかな？」

「……どうでしょう……」

組員以外の利用を果たして櫻内が許すのか、その判断がつかなかったから——というのは大義名分だった。

櫻内は風間の言うことならなんでも受け入れる。唯一受け入れなかったのは、風間がこの射撃練習場の所長代理になりたいと言ったときだけだった。

おそらく櫻内は百合子の来場を許すだろう。そう察していたにもかかわらず、高沢が『はい』と素直に頷けなかったのは、風間の愛人であるかないかはともかく、風間の関係者とのかかわりを避けたいという無意識の願望が働いたためだった。

「ああ、玲二の許可がいるって？　そりゃそうだよね」

何も言わなかったにもかかわらず、風間はそう納得してみせたあとに、

「正直」

と、共犯者のような笑みを浮かべてみせた。

「百合子に銃を教えることに関しては、俺もあまり乗り気じゃないんだ。浮気しようものなら、ズドン、と来るとか、考えるだけで恐ろしい」

そう言い、風間が高笑いをしてみせる。

やはり疲れる。心の中で密かに溜め息をつきながら高沢は、それでも風間から聞いた大阪行きの話を気にせずにはいられないでいた。

ボディガードとして同行したい。が、射撃練習場の所長代理としての任を思うと、それも憚られる。

大阪に行きたいというよりは、櫻内の身を己の銃で守りたい。それが心の奥底にある願望だという事実となぜか正面から向かい合う勇気を持てず、高沢は風間にあわせて微笑みを浮かべ、そんな阿るような行動をとる己に尽くせぬほどの自己嫌悪を覚えていた。

4

風間が二日連続して射撃練習場を訪れたその翌日、今度は櫻内がなんの前触れもなく来訪し、高沢ら常駐の人間たちは度肝を抜かれた。

間もなく到着という際にはじめて連絡を入れてきた櫻内に対し、渡辺はもてなしの用意を必死で整え、早乙女は電話直後から表の門の外に立ち、櫻内の車を待ち侘《わ》びていた。

連絡を受けてから十分後に、櫻内は射撃練習場に到着した。

「いらっしゃいませ」

エントランスで迎え、頭を下げた高沢の耳に、淡々とした櫻内の声が響く。

「今日、風間は来ていないのか」

「………はい。昨日、お見えになりましたが……」

「なんだ、一日ずれたか。てっきりここだと思ったんだが」

つまらん、と櫻内が呟く。機嫌はそう悪くなさそうだが、見るからにがっかりしている彼を前にする高沢の胸は、チリチリとよくわからない痛みに疼いていた。

「あの……明日、大阪にいらっしゃるそうで」

「なんだ、風間に聞いたのか」

いたたまれないような気持ちになり、珍しく自分から問いを発した高沢に対し、櫻内が少しの意外性もない声音で答えを返す。

「はい」

「八木沼の兄貴に会ってくる。お前が来ないと兄貴が寂しがるだろうが、まあ、仕方がないからな」

「…………」

寂しがるのは八木沼だけか——そんな言葉がふと高沢の頭に浮かび、何を考えているんだか、と彼を狼狽させた。

「風間は他になんと言っていた？」

高沢の動揺になど少しも気づかぬ様子の櫻内がそう問うてくる。

「……百合子さんがここに——銃の練習をしに来たがっていると仰《おっしゃ》っていました。許可が必要であろうから組長に聞いてみると……」

「やめておいたほうがいいだろう。浮気したときに寝首を掻《か》かれるのがオチだ」

ははは、と櫻内が笑う。昨日、同じようなことを風間が言っていたと思い出す高沢の胸のざわつきはますます増していった。

「撃たれますか？」

せっかく来たのだから。そう思い問いかけた高沢を見返した後《のち》、櫻内が少し不服そうな声を出す。

「さっきからどうも、他人行儀だな」

この場にいるのは櫻内と高沢以外、早乙女だけだった。他の組員がいるときに高沢は櫻内をどこまでも立てた態度を取る。が、早乙女の前では殆ど素で対応していた。

言われてみれば、普段は使わない敬語で接していたか、と気づいたが、意図があってのことではなかったと高沢は、首を横に振ってみせた。

「そういうわけでは……」

「銃を撃つよりしたいことがある。来い」

みなまで言わせず、櫻内が高沢に歩み寄り肩を抱く。

「あの、お食事は」

「あとだ」

「酒の用意もしていますが」

「それもあとだ」

言いながら櫻内は真っ直ぐに、高沢が寝所に使っている離れへと向かっていった。高沢より先に櫻内の目的を察した早乙女が、

「失礼いたしやす」

と断り、二人を追い越して離れへと駆けていく。と、櫻内は歩調を緩め、高沢に話しかけてきた。

「組内でお前の評判が上がっているぞ。射撃の指導が実に的確で上達が実感できると。まさか教官に向いているとは。意外だったな」

「……ありがとうございます」

誉められることなど滅多にないため、リアクションに迷い、取りあえずの礼を言った高沢の顔を覗き込むようにし、櫻内が問いかける。

「今こそ誰もいないというのに。どうした？　拗《す》ねてるのか？」

「……拗ねているわけでは……」

ありません、と続けようとした高沢の顎《あご》を櫻内が摑むようにして顔を寄せてくる。

「拗ねるなら可愛く拗ねろ……まあ、お前には無理な話だろうが」

くす、と笑いながら櫻内が唇を寄せてくる。

「よせ」

誰が通るかわからないところで、と高沢が櫻内の胸を押しやったそのとき、早乙女が息を切らせて戻ってきたかと思うと、櫻内に対し深く頭を下げた。

「お待たせしやした。準備が整いました」

「準備？」

疑問の声を上げた高沢の横では櫻内が、

「ご苦労」

と頷き、改めて高沢の肩を抱いてきた。

「行くぞ」

「どこへ」

「…………」

問いかけた高沢を見て、櫻内がほとほと呆れた顔になる。

「ば……っ」

馬鹿、と言いかけた早乙女が慌てて口を閉ざした、その横を通り過ぎ、櫻内が向かった先はやはり離れの、高沢の寝所だった。

「ああ……」

襖を開けた途端、ぴっちりと二つ並べて布団が敷かれている光景が目に飛び込んできた高沢の口から、『準備』とはそういうことかと察したがゆえの納得の声が漏れる。

「遅い」

櫻内が苦笑する声が耳許でしたと思った次の瞬間、高沢はその布団に押し倒されていた。

「まだ昼だぞ？」

障子越しに日の光が差し込む室内で、高沢はそう言いながらも、自身に覆い被さってくる櫻内の身体を押しやりはしなかった。

「何を今更」

櫻内が苦笑しつつ、高沢の唇を塞いでくる。

「ん……」

甘いくちづけ。しっとりと唇を覆う櫻内の唇の柔らかさに高沢は我知らぬうちに声を漏らしてしまっていた。彼の腕は完全に櫻内の背に回っている。

気づいた櫻内は目を細め微笑んだあとに、高沢の舌を自身の舌でとらえ、きつく吸い上げてきた。

「んん……っ」

いきなり始まった獰猛《どうもう》なキスに、高沢が反射的に顔を背けようとする。そんな彼を力で押さえ込みながら櫻内は手早く服を脱がせていった。

「……ぁ……っ」

櫻内の手が高沢の裸の胸を這《は》う。掌で乳首を擦り上げられたとき、合わせた唇の間から高沢の掠《かす》れた声が漏れ、身体はびく、と大きく震えた。

期待感に満ちているとしかいいようのない自身の反応に羞恥を覚え、高沢が身を竦ませる。そんな彼の上で櫻内はまたも、くす、と笑うと、唇を高沢の胸へと滑らせた。

「痛っ」

乳首を噛まれ、高沢が悲鳴を上げる。が、彼が感じているのは苦痛ではなく快感だということは、既に裸に剝かれていた下半身が物語っていた。

早くも勃起していた雄がびくびくと震えている。それを握り込みながら櫻内は舌で、唇で、ときに歯を使い高沢の乳首を苛《いじ》め続けた。

「あっ……あぁ……っ……あっ……あっ」

羞恥は既に、快楽により意識の彼方《かなた》へと押しやられていた。喘ぎながら腰を捩《よじ》る高沢の、その腰を櫻内が摑む。

「……え……」

そのまま体勢を入れ替えられ、気づいたときには高沢は櫻内が仰向けに横たわる、その腹の上に乗せられていて、一瞬何が起こったのかわからず、戸惑いの声を上げた。

「挿れてみろ。自分で」

さあ、と櫻内が高沢の腰を摑み、自分の腹の上に座らせようとする。

「挿れるって……」

櫻内の求めている行為を、高沢はすぐに察した。というのも、求められたのは今がはじめてではなかったからだが、それでも躊躇しないではいられず、その場で固まってしまった。

「教えただろう？　自分で解《ほぐ》して、挿れるんだ」

ほら、と櫻内が高沢の腰を持ち上げる。

「…………」

自分で自分の後ろを解す。高沢にとってそれは羞恥を覚えずにはいられない行為で、強要されたからといってすぐさまできるものでもなかった。

「さあ」

だが櫻内は容赦《ようしゃ》なく高沢を急《せ》かしてくる。どうするか。迷ったのは一瞬だった。

「……っ」

櫻内の、既に勃ちきっている雄を摑み、もう片方の手で自分の後ろを広げる。解さず挿入すれば幾許かの苦痛を伴うことはわかっていたが、自分で自分の後ろを慰めるような行為を人前ですることよりマシと、高沢はそちらを選択したというわけだった。

櫻内に対する反発というより、櫻内の腕の中で女のように喘ぐ自分に対する反発であるその振る舞いに対し、櫻内は、やれやれ、というような目を向けてきたものの、敢えて手を出してくる気配はなかった。

それなら、と高沢は苦痛覚悟で櫻内の雄を自身の後ろへと導いた。

「……う……っ」

予想に違わず、櫻内の逞しい雄をそこへと導くと、ぴりぴりと入り口に亀裂が入ったのがわかった。

ひりついた痛みを覚えながらも高沢はゆっくりと櫻内の腹の上に腰を落としていく。

痛みは、だが一瞬だった。すぐさま自身の後ろが激しく収縮し櫻内の雄を奥へと誘おうとするその動きに、高沢はますます羞恥を覚え俯いた。

「素直じゃないな」

またも、やれやれ、と苦笑しつつも櫻内が高沢の腰を摑み直し、自分でも腰を使って高沢を突き上げる。

「あっ」

座位のため、いつもより奥深いところを抉られることになり、高沢は堪らず背を仰《の》け反《ぞ》らせ高く喘いだ。

「ほら」

リズミカルに櫻内が高沢を突き上げ続ける。内臓がせり上がるほどの力強いその動きに、高沢はあっという間に快楽の波に吞み込まれていった。

「あっ……あぁ……っ……あっ……あっ……」

快感が高沢の思考を妨げ、頭の中がやがて真っ白になっていく。

「お前も動け」

促され、高沢は櫻内の腹の上で身悶《みもだ》えながらも、朦朧とした意識のままに、言われたとおり動きはじめた。

「あぁっ……はっ……あっ……あっあっあっ」

高沢の腰をがっちりと摑み、彼の動きとわざと反発するように櫻内がぐっと突き上げる。鍛え上げられた腹筋ゆえ、櫻内のほうでは少しの疲労も見せず、不規則な速度と角度で高沢を淡々と突き上げ続けている。が、高沢のほうは最早、喘ぎすぎて息を切らし、意識もほとんどないような状態にまで追い込まれていた。

「いきたいか？」

少しも息を乱さず櫻内が問うと、コクコクと首を縦に振って答える。いつもであれば羞恥ゆえ、そうもはっきり意思表示ができない彼の、そんな素直な様が気に入ったのか、櫻内は高沢の腰を摑んでいた手を離すと彼の手を握り、自身の雄へと導いた。

「いくがいい。自分でな」

言いながらまた、手を高沢の腰へと戻し、今まで以上のスピードで突き上げをはじめる。

「あっあっあっあっあーっ」

高沢が悲鳴のような声を上げながら、自分で自分の雄を扱く。すぐさま達した彼は、

「アーッ」

一際大きく吠《ほ》えたあとに、がっくりと櫻内の胸に突っ伏した。

「む……」

ずる、とまだ達しきれない櫻内の雄が弾みで抜ける。一瞬、心外だというような声を漏らした櫻内だったが、はあはあと息を切らせている高沢の背を抱き締めると、頰に唇を押し当

てるようなキスをした。

「たまには上もいいだろう?」

耳朶《じだ》を噛むようにして櫻内が高沢の耳許で囁く。びく、と己の身体が震えたのを意識したと同時に高沢は、今まで自分が何をしていたかを悟り、ぐう、と思わず息を呑んだ。

羞恥から唇を噛みしめようとしても、まだ息が整わず口が開いてしまう。

「……っ」

と、そのとき櫻内が素早く身体を起こしたものだから、腹の上にいた高沢はそのまま敷布の上に仰向けに倒れ込んだ。

「照れた顔が見たいと思ってな」

笑いながら櫻内が高沢の両脚を開かせ、抱え上げてくる。彼の雄が屹立《きつりつ》しているのを見た高沢は、まさか、とぎょっとし櫻内を見上げた。

「行くぞ」

にっこり、と黒曜石のごとき美しい瞳を細めて微笑みながら、黒光りする見事な雄を高沢の、まだひくついている後孔へとねじ込んでくる。

「ま……っ」

待ってくれ、と制止する隙《すき》を櫻内は高沢に与えなかった。一気に奥まで貫くと高沢の脚を抱え直し、やにわに突き上げを開始する。

「おい……っ……まだ……っ……」

息も整っていないのに、と首を横に振りつつ必死で訴えかけたが、櫻内は聞く耳を持たなかった。

「お前の限界は俺が一番よく知っている。何度も言わせるなよ」

ふふ、と笑いながら櫻内が、尚も律動のスピードを上げる。

「あっ……あぁ……っ……あっあっあぁ……っ」

櫻内の言葉はある意味、正しかった。息苦しさが逆に快楽を呼び起こし、早くも高沢の身体には欲情の焔《ほむら》が戻りつつあった。全身が灼熱の坩堝《るつぼ》と化し、吐く息から滴る汗から、すべてが火傷《やけど》しそうなほどの熱を持つ。

「もう……っ……あぁ……っ……もう……っ……もう……っ」

いつしか高沢の首は、拒絶からではなく過ぎるほどの快感から、激しく横に振られていた。内壁が激しく痙攣《けいれん》すると同時に、既に勃ち上がっていた雄の先端から、先走りの液が滴り落ちては自身の腹を濡らしている。

「もう……っ……もう……っ……ゆるして……っ……くれ……っ」

限界だ、とほぼ飛びそうになる意識の中、訴える。己が恥も外聞もなく許しを請うている自覚は既に高沢にはなかった。

「お前の限界は俺が知っていると言っただろう」

くすりと笑う櫻内の声も最早、高沢の耳には届いていない。

その後も櫻内は、まさに限界を迎えた高沢が快楽のあまり失神してしまうまで、延々と彼を突き上げ続けたのだった。


「……う……」

悪夢を見ていた気がする。そう思いながら目を開いた高沢は、隣に誰も寝ていないことに、はっとし、身体を起こした。

「起きたか」

周囲を見回すより前に背後で声がし、振り返ったところに櫻内の姿を認めたが、今、まさに櫻内は部屋を出ようとしているところで、高沢は慌てて起き上がろうとし、全裸のままよろめいた。

「危ない」

すかさず櫻内が駆け寄り、身体を支えてくれる。

「悪い」

詫びたあと高沢は自分が櫻内に縋《すが》るような体勢であることに気づき、気まずさから身体を離した。

「それじゃあな」

櫻内もまた一歩下がり、高沢に目を細めて微笑んでから踵《きびす》を返す。

「どうして」

まだ寝ぼけていたのだ。あとから高沢は自分の行動について自身にそう言い訳することになる。

「え?」

声を発した高沢を櫻内が振り返る。

「どうして泊まってくれないんだ」

訴えかけた高沢を見て櫻内は一瞬、らしくなく啞然とした顔になった。が、すぐに彼は、声を上げて笑いはじめ、おかげで高沢は自分こそが『らしくない』発言をしたと思い知らされたのだった。

「珍しいこともあるものだな。帰るな、と言ってくれているのか?」

愛人のようじゃないか、と笑いながら櫻内が再び高沢に近づき、背中に腕を回してくる。

「……そういうわけでは……」

ない、と言いかけた高沢だったが、ふと、ここで意地を張らずにいればもしや櫻内は宿泊するのかと思い、顔を見やった。

「…………」

櫻内もまた、じっと高沢の目を覗き込んでくる。

二人の視線がかっちりと絡まり、数秒経った。いたたまれなさから目を閉じた高沢は、その理由が『いたたまれなさ』ではなく、くちづけを求めてのものだと心のどこかで自覚していた。

櫻内の唇が近づいてくる気配がする。触れた、と思った瞬間、反射的に高沢は目を開けたのだが、そのときにはもう、櫻内の唇は離れ、彼の腕は高沢の背から解けていた。

「お前がそう素直だと、雨どころか吹雪《ふぶき》になりかねないからな」

だから帰る、と櫻内が苦笑し、すっと身体を離す。

「また来る」

そうして部屋を出ようとする背を高沢は呆然《ぼうぜん》と見つめていたが、櫻内が襖に手をかけたのを見て、いつものように見送らねばと気づいた。

急いで枕元に畳まれていた浴衣を身につけたが、その間に櫻内は部屋を出てしまっていた。帯を結ぶのももどかしく、結びきれないまま櫻内のあとを追う。と、櫻内は廊下で足を止め、高沢を振り返った。

「いい。部屋にいろ」

「しかし」

なぜ見送りを拒むのか。眉を顰めた高沢に櫻内が呆れた視線を向けてくる。

「自分がどんな格好でいるのか、わかってないな、お前」

「………」

言われて自身の身体を見下ろした高沢は、ほぼ半裸のような状態に改めて気づき、慌てて前を合わせた。

「『教官』の沽券《こけん》に関わるだろうが」

そう言うと櫻内は高沢を素早く抱き寄せ、こめかみのあたりに唇を押し当てるようなキスをしてすぐさま離れた。

「部屋に戻れ。あまり俺や組員たちを挑発するな」

「……意味がわからない」

ぼそ、と呟いたあと高沢はつい、櫻内を追いそうになった。が、櫻内が向かう玄関のほうで彼を見送るべく集まっているらしい組員たちの声が聞こえてきたため、思い直し、一人離れへと戻った。

「………」

唇を嚙みしめていないと溜め息が漏れそうになる。そんな自分は高沢を愕然とさせるもので、一体どうしたことか、と自身の胸に問いかけたものの、答えは見つからなかった。

否、見つけなかった、というのが正しいかもしれない、と高沢は自覚する。

『答え』は確かに存在しているが、敢えてそこから自分が目を逸らしているだけである。それなら正面から見据えればいいのに、その勇気を奮い起こすことができないでいるだけだった。

なんという女々《めめ》しさだ、とまたも溜め息を漏らしそうになり、唇を噛みしめて堪える。こんなことでは本当に、教官としての沽券に関わるのでは、と思いつつ襖を開けた高沢は、中に人がいることにぎょっとしその場で足を止めた。

「し、失礼しました」

高沢に対し、頭を下げてきたのは渡辺だった。どうやら寝所の布団を整えてくれていたらしいと察し、高沢はすぐさま、

「いや、ありがとう」

と礼を言ったあと、

「自分でやるから置いておいてくれ」

と告げ、気まずさから目を逸らせた。性交のあとがありありとわかるシーツを替えてもらうのが恥ずかしかったためである。

意識したことはあまりなかったが、今までも誰かがシーツを替えてくれていたのは間違いなかった。こうして替えている現場に居合わせたことがなかっただけで、と羞恥のあまり頰に血が上るのを感じながら高沢は、

「いえ、もう終わりましたので」

と細い声で告げ、シーツや布団カバーを丸めて手に持ち、立ち上がった渡辺に対し、頭を下げた。

「申し訳ない」

「………そんな、謝っていただくようなことではありませんので……」

仕事ですし、と渡辺がおろおろとしはじめる。この場を一体どう収めればいいのかと高沢はそんな彼を前に迷い、言葉をかけるのが遅れた。と、渡辺がいたたまれなくなったためか、自分から、

「あのっ」

と話し出す。

「く、組長がなぜ、ここにお泊まりにならないのか、早乙女さんが組長に尋ねたのを横で聞いていたんですが……っ」

「……っ」

唐突にはじまった話題が、あまりに自分の知りたい内容だったため、高沢は唖然としたあと、まじまじと渡辺の顔を見つめてしまった。

以前、彼から『探りましょうか』と問われたことがある。その際には不要だと言ったのだが、それでも渡辺は気にしてくれていたらしい。

「あ、あの……」

渡辺の頬がみるみるうちに赤く染まっていく。

「…………」

それで、理由は――？　尋ねたい。が、そうも答えに飢《かっ》えていたのかと悟られるのは恥ずかしく、問いかけられずにいた高沢は、一体何に対して虚勢を張っているのだと自分自身に呆れてしまった。

考えすぎだ。聞けばいいのだ。そうは思うのだが、なかなか言葉が出てこない。それを察してくれたのか、はたまた、沈黙が重くなったのか、渡辺が真っ赤な顔のまま、ぼそぼそと話を再開した。

「あ、あの……組長は、離れの匂いが好きではないのだと……そう仰ってました」

「匂い？」

意外な答えに驚いたせいで、高沢の口からぽろりと言葉が零れた。

「はい……実際の匂いなのか、それとも何かの比喩《ひゆ》なのかは、早乙女の兄貴もわからなかったようです……」

ようやく落ち着いてきたのか、渡辺がそう言い、じっと高沢を見つめ返してくる。

「……匂う……か？」

新しい畳の匂いはする。が、それ以外、これという特徴的な匂いはないと思うのだが、と渡辺に問いかけた高沢は、すぐさま自分の問いを後悔した。

今、室内には情事のあとの匂いがこもっていると、ますます赤面する渡辺の顔を見て気づいたためである。

「……ありがとう。もう下がっていいから……」

取り繕うこともできず、高沢は渡辺を部屋から出そうとした。

「失礼します……」

渡辺もまたいたたまれなさを覚えたらしく、そそくさと部屋を駆け出していく。換気でもするかと高沢は窓に歩み寄り、またも警報装置の存在を忘れていた自分に舌打ちした。

冷たいガラスに額を当て、真っ暗な外の景色を見やる。

匂い——この部屋のなんの匂いが、櫻内を遠ざけているのだろう。

「……遠ざけてはいないか……」

実際、彼に抱かれるのはこの部屋か、もしくは露天を含めた浴室に限られている。とはいえ、組員たちが常駐するようになってからは風呂での行為はなくなった。それこそ『教官』の沽券にかかわると、そこを気にしてくれているのかもしれない、などと考えながら暗闇《くらやみ》に目を凝《こ》らす高沢の脳裏にはそのとき、浴衣の前を合わせるのも忘れあとを追った自分を振り返ったときの櫻内の、呆れているとしか思えない表情が浮かんでいた。

5

翌日は『通常営業』といっていい、単調な時間が流れた。組長と若頭補佐が不在であるため か、練習場を訪れる組員たちは普段より多く、夕食時になっても五名の組員は帰らずに、できることなら共に酒を飲みたいと高沢《たかざわ》に頼み込んできた。

もともと目論《もくろ》んでいたのか、酒もつまみも持参しているという。その五名の組員たちは三日にあげず通ってくる、いわば常連だったため、どうするかと高沢は迷いはしたが、拒絶するのも気の毒かと思い食堂に通すことにした。そうしたことに文句を言いがちな早乙女《さおとめ》がどこへ行ったのかちょうど不在だったことも、組員たちとのはじめての懇親会にはいいように働いたのだった。

渡辺《わたなべ》に事情を話すと、組員が持ってきた乾きものだけではなく何品か料理も作ると申し出てくれ、また、警護の当番を外れている常駐の組員たちも加わり、かなり賑《にぎ》やかな飲み会となった。

「銃の上達のコツはやはり、慣れるしかないでしょうかね」

最初のうちは皆、射撃についての話題のみ口にしていたが、酒が進むにつれ高沢個人についての質問もちょくちょく入るようになった。

「オリンピック選手候補というのは本当なんですか」

「最初から射撃は得意だったんですか」

皆、年齢は高沢と同年代か、少し下となるため、酒が回るうちに口調はだんだんと砕けたものになっていった。

「高沢教官、趣味はなんすか」

このくらいはまだ可愛い質問で、やがて、

「警察とヤクザ、どっちが楽しいっすか」

「警察ってやっぱり、ヤクザとズブズブなんですよね」

という、なんとも答えようのない問いが皆の口から発せられるようになった。が、どんなに酔っても全員が、おそらく興味を抱《いだ》いているであろう組長との仲については触れてこない。最初のうちは、もし問われたらどう答えようかと構えていた高沢だったが、すぐ、いらぬ心配だったと察したのだった。

それだけ櫻内《さくらうち》の権威は守られているということだろう。さすがだ、と心の中で感嘆しつつ高沢は、話題を射撃へとさりげなく戻すべく、一人一人に改善点を丁寧《ていねい》に解説しはじめた。

「よく覚えてますね」

三人目くらいになると皆、目を輝かせ、自分のことではなくても身を乗り出し、高沢の話に食いついてきた。

「嬉《うれ》しいな。三室《みむろ》教官も勿論《もちろん》、いろいろ教えてはくれるんですが、なんていうか、ちょっと年も離れてたし、それにヤバいって噂《うわさ》もあったから、あまり突っ込んだ話はできなかったたっつうか」

木村《きむら》という組員がそう言いだしたのに、周囲の男たちが皆、

「おいっ」

「馬鹿《ばか》っ」

と口を塞《ふさ》ごうとする。

「ヤバい噂？」

彼らが気にしたのはそこだろう、と高沢は察し、木村に確認をとったが、彼は「勘弁してください」と口を割ろうとしなかった。

「三室教官は射撃の教官としても、人間的にも優れた人物だが」

『ヤバい噂』が立つような男ではない。擁護に回った高沢に、竹宮《たけみや》という組員が「違うんです」とおずおずと口を挟む。

「おい」

「やめとけ」

やはり皆が止める中、竹宮は高沢が「どういうことだ？」と問いかけると、意を決した顔

になり口を開いた。

「組長があまり三室教官を好いていないという噂があったんです。あと、金子《かねこ》と男夫婦だという噂もあって……」

「…………」

組長も信頼していると思う、と、ここは三室を更に擁護したいところだったが、自分の口から櫻内の名を出すのはさすがに憚《はばか》られ、高沢は口を閉ざした。

「す、すいやせん。勿論、三室教官のことは尊敬してるんです。中国マフィアから身を挺《てい》してこの練習場と武器庫を守った人ですし」

明らかにフォローとわかる口調で竹宮がそうまくし立てる。

「ああ、武器が守られたのは教官のおかげだ」

高沢も彼の言葉に同意したあと、何事もなかったかのようにその竹宮の射撃の際の改善点を細かく上げはじめ、話を戻したのだった。

「ああ、撃ちたくなった！」

「酒、飲まなきゃよかったな」

一通り指導が終わると、皆が皆口々にそう言い、撃ちたい、撃ちたいと目を輝かせた。

「また明日来ます！」

「やっぱ俺《おれ》、銃買おう。勿論ここに置いときますんで」

そろそろ九時を回るという時刻でもあり、渡辺がさりげなく片付けをはじめたこともあって、組員たちは飲み会もお開きの時間かと察し、帰り支度《じたく》をはじめた。

「よかったらまた飲んでください」

「高沢教官、ありがとうございました」

若者たちが口々に礼を言い、食堂を去っていく。全員が帰ると高沢は、やれやれ、と溜《た》め息《いき》を漏らしたが、彼の顔には笑みがあった。

人から慕われるという経験があまりない高沢にとって、今日のような飲み会はまず、体験したことがなかった。それなりに気は遣うし疲れもするが、それでも自分が指導した組員たちが射撃の虜《とりこ》となっていくのを見るのはやはり嬉しいものだ、と充実感を得ていた高沢は、渡辺から声をかけられはっと我に返った。

「お疲れ様でした。皆、喜んでましたね」

「色々悪かった。大変だったろう？」

渡辺にしてみれば、やる必要のない仕事が増えたわけだし、と詫《わ》びた高沢に向かい、

「そんなっ」

と頰《ほお》に朱を走らせ、渡辺が首を横に振る。

「オレも勉強になりました。あの、オレはどこを改善すれば腕が上がりますかね？」

目を輝かせ尋《たず》ねてくる彼を高沢は、可愛いと思わずにはいられなかった。

「渡辺の場合、性格が素直だから上達も早いのだと思う。銃身がぶれるのは立ち方に癖があるからで、少し右足を引くと確度は上がるんじゃないか？」

請われるがまま、改善点を指摘する高沢の前で、渡辺の目はますます輝き、頬には血が上ってくる。

「気づいたのはそのくらいだ」

「ありがとうございます……っ」

渡辺が感極まった声を上げ頭を下げる。

「明日、撃つか？」

そうも喜ばれると、と高沢が誘うと、渡辺は本当に嬉しそうに、

「いいんですかっ」

と身を乗り出してきた。

「勿論。家事についても負担が大きければ当番制にするが……」

「それは大丈夫です！　時間は作りますので、是非……っ」

絶対に無理をしているに違いないのに、渡辺がそう高沢に訴えかけてくる。

「無理はするなよ？」

「無理なんて……っ」

していません、と首を横に振り、渡辺がじっと高沢を見上げる。

「…………」

潤《うる》んだ彼の瞳《ひとみ》は何を語ろうとしているのか。高沢もまた渡辺を見返したそのとき、

「大変だっ」

ドタドタというやかましい足音と共に早乙女が食堂に駆け込んできたものだから、渡辺も、そして高沢も驚き、彼を見やった。

「何処《どこ》に行っていた？」

ずっと姿が見えなかったが、と問いかけた高沢に駆け寄ってくると、早乙女は高沢の両肩を摑《つか》み揺さぶってきた。

「呑気《のんき》に構えてんじゃねえよ。組長、大阪からの帰り道、狙撃《そげき》されたんだってよ！」

「なんだって⁉」

考えるより前に高沢の身体《からだ》が動いていた。逆に早乙女の両腕を摑み、彼に問いかける。

「無事なのか？　組長は？」

「お、おう。無事だ」

高沢の剣幕に早乙女はたじろいだようで、どもりながらも頷《うなず》くと、彼の知り得た情報を伝えはじめた。

「なんでも、パーキングエリアで狙《ねら》われたそうだ。狙撃手は誰だかわかっちゃいねえ。ボディガードよりも先に、隣に座っていた若頭補佐が気づいて組長を庇《かば》ったんだそうだ。本当に

風間《かざま》若頭補佐は頼りになるぜ」

　ほっとした、と笑顔で続ける早乙女の話を聞き、取りあえず櫻内の無事を知った高沢は安堵《あんど》の息を吐きはしたが、心に何かひっかかるものを抱えずにはいられなかった。

「風間さんが組長を守ったんですか……」

　渡辺がおずおずと早乙女に問いかけつつ、ちら、と高沢を窺《うかが》う。

「おう。そうよ。風間の兄貴が盾《たて》になって組長を守ったんだと。狙撃を予測し防弾チョッキを着ていたんだそうだ。なあ、さすがだろ？　組長もえらく感激してたって話だぜ」

　すっかり興奮している早乙女は実に饒舌《じょうぜつ》だった。

「それで、狙撃手は」

　渡辺の問いに、普段であれば『生意気だ』とでも返しそうなところを、うきうきした口調で答えはじめる。

「わからねえって言っただろ？　ただ、日本人じゃあなかったらしい。逃げ足だけは速くて逃したんだとよ。本当にボディガードは何やってたんだかな」

「ボディガードは誰《だれ》がついたんです？」

　またも問いかけた渡辺に早乙女が「さあ」と首を傾《かし》げる。

「ローテーションの連絡もコッチに来てから俺のとこには入らなくなったからわかんね」

「それにしても、組長がご無事でほっとしましたね、高沢さん」

すっかり黙り込んでいた高沢に、渡辺がやはりおずおずと話しかけてくる。

「……ああ、そうだな」

高沢は返事をしたものの、胸のつかえはなかなか解消されなかった。

「あんたが一緒に行ってたら、狙撃手を撃つこともできただろうになあ」

早乙女が残念そうにそう言い、肩を竦《すく》める。

「ともかく、組長は無事だった。ああ、それから、予想に違《たが》わず八木沼《やぎぬま》組長は風間の兄貴を気に入ったらしいぜ。えらい高い和服をプレゼントしたってよ。確かあんたも貰《もら》ったんだっけな」

早乙女はすっかり、風間のシンパになっているようだった。面食いの彼にとって風間の美《び》貌《ぼう》は心引かれるものがあるのだろう。そんなことを考えながらも高沢の胸は、変な感じにざわついていた。

「そのうち八木沼組長とも、兄弟杯を交わしたりしてな」

そうなったらすげえや、と早乙女が更に浮かれた声を出す。

もし早乙女の言うとおり、風間と八木沼が兄弟杯を交わしたとしたら、風間は絶大なる権力を持つことになる。

日本一の団体の長との杯は、そのくらいの意味があるものだ、と、ほぼ部外者である高沢ですら察することができた。

しかも風間は、関東一の団体の長である櫻内の信頼も厚い。今回の狙撃手からの防御でまたその信頼は高まっただろう。まさにツートップ。菱沼組《ひしぬまぐみ》はますます安泰になるに違いない、と一人頷く高沢の胸のモヤモヤは、治まるどころかじわじわと存在感を増していった。

「俺も組長の傍《そば》にいたかったなあ」

しみじみと早乙女がそう言い、はあ、と溜め息を漏《も》らす。

「あんたもいたかったよな？」

問われた高沢は、どう答えようかと迷い言葉を濁した。

『そうだな』

肯定か。

『別に』

否定か。

実際のところ、自分は櫻内の傍にいたかったのだろうか。彼の身を守るためにならいたかった。が、風間が櫻内を助ける場面は正直、見たくなかった。

自分の目の前で風間が櫻内の身を守り、感謝されている場面を想像しただけで、息苦しいような気持ちになる。

これは——嫉妬《しっと》だ。

この上ないほどに嫉妬心を自覚していた高沢の脳裏《のうり》にはそのとき、美しさではまるで櫻内にもひけをとらない風間と、彼を愛しげに見つめる櫻内の、いわゆる『ツートップ』の姿が浮かんでいた。

大阪から戻った翌日、櫻内は練習場に姿を見せなかった。が、大阪に同行した中の二人は早い時間に高沢を訪ねてやってきた。

一人目は峰《みね》で、昨日はボディガードのローテーションに入っていたという。

「やられたよ」

峰は見るからに落ち込んでいた。

「気づかなかった自分が情けないぜ」

自己嫌悪に陥る彼に高沢はかけるべき言葉を持たなかったがゆえに、状況を説明してもらうしかなく、それを問いかけた。

「大阪からの帰り道、パーキングエリアで狙撃されたんだよな?」

「ああ。まったく気配はなかった。しかも逃げ足が速すぎる。まるで失敗して逃げるところまでが仕込みだったかのようだ」

「……さすがにそれは……」

ないんじゃないか、と高沢は言わないではいられず口を挟んだのだが、峰は気を悪くするでもなく、

「そうだよな」

と苦笑してみせただけだった。

「おかげで風当たりがキツいわ。ボディガードは何してたんだってな」

肩を竦める峰に高沢は、昨夜早乙女から聞いた情報の確認を取った。

「風間さんが組長を救ったとか」

「ああ。実際、風間さんが気づかなければ組長は被弾していた。隣にいてくれてよかった、と組の全員が思っている」

頷く峰に高沢は「そうか」と頷き返しつつも、なんとなく違和感を覚え彼を見やった。

「なに?」

視線の意味がわからなかったらしく問いかけてきた峰に高沢は、早乙女から話を聞いたときから覚えていた違和感をぶつけていた。

「本当にお前も気づかなかったのか?」

そんなわけがない、というのが高沢の抱いた感想だった。他に誰が気づかずとも、峰らボディガードが気づかないわけがない。なのになぜ、風間の一人手柄のようになっているのか。そこに情報操作はないかと、それを高沢は確かめようとしたのだった。

「悔しいが本当だ。まったく、殺気を感じなかった」

肩を竦める峰に対し、高沢はかけるべき言葉を持たず、黙り込んだ。沈黙する彼に、峰の発言は続く。

「正直、ショックだったよ。俺が感じなかった殺気を風間さんは感じたってことだもんな」

落ち込む峰に高沢はやはり、何を言っても慰《なぐさ》めにはならないと察し、ただ俯《うつむ》いた。

「……ヤキ、回っちまってるのかな。自覚はねえが」

ぼそりと呟《つぶや》く峰に高沢は、

「それはないと思う」

と、慰めではなく正直なところを告げた。峰とは何度かボディガードとして組んでいるが、彼の嗅覚《きゅうかく》ともいうべき敵を見つける才能が衰えたと感じたことはなかった。

衰えているとしたら自分のほうが心配なくらいだ、と続けようとした高沢の前で峰が顔を上げる。

「嬉しいねえ。姐《あね》さんに慰めてもらえるなんて」

「姐さんはよせと何度言ったら……」

まったく、と溜め息交じりに苦情を述べようとした高沢だったが、そのとき峰が不意に近づき耳許《みみもと》に口を寄せてきたのに驚き、一歩下がりそうになった。

が、峰は高沢の腕を摑んで動きを止めさせると、尚《なお》も身を寄せ耳許に囁《ささや》いてくる。

「俺にヤキが回ってるんじゃなければ、相手に戦意がなかったってことだ」

「……それは……」

すぐにすっと身体を離した峰を高沢は半ば呆然《ぼうぜん》として見つめていた。

「何が言いたい？」

問いかける高沢の前で峰がおどけた様子で肩を竦める。

「ありえねえだろ？　だから俺にヤキが回ったんだよ」

「………………」

自虐的《じぎゃくてき》なコメントは演技か、はたまたやりきれない思いを表現するにはその方法しかなかったのか。わからない、と高沢が眉《まゆ》を顰《ひそ》めたそのとき、背後で早乙女の声が響いた。

「また来てやがったのか。この役立たずが」

「よせ、早乙女」

峰を気に入らない早乙女がいつものように態度悪く声をかけてきたのを、高沢が制する。

「確かに役立たずだ」

またも肩を竦めた峰だったが、そんな彼を早乙女は敢《あ》えて無視すると、高沢に話しかけてきた。

「これから風間の兄貴が来るってよ。本当にまあ、よく来るな。兄貴も銃の虜なのかね」

「……そうか……」

風間の名を聞いた瞬間、どき、と高沢の鼓動は嫌な感じで高鳴った。

「……それじゃ、俺は行くわ」

峰がそう声をかけてきたのに、はっとし彼を振り返る。

「じゃあな」

峰もまた、風間の名に反応したのだろうか。そう思い顔を見たが、峰はいつものポーカーフェイスを取り戻しており、高沢には判断がつかなかった。

「あいつもよく来るよな」

早乙女が峰の後ろ姿を見ながら、ペッと唾《つば》を吐く。

「ちょくちょく顔出しやがって。ほんとに気に入らねえぜ」

「どうしてだ？　ボディガードが銃の練習に来るのは当然だろうに」

高沢は別に峰を庇おうとしたわけではなかった。実際、他のボディガードもよく練習に来るが、彼らは峰のように高沢に話しかけてきたりしない。それぞれ『外注』で雇われているのでほぼ接点はない上、皆が皆、腕は確かなために敢えて打ち合わさずとも自然と連携が取れる。

峰とは顔馴染みでもあったし、たまたま会話をするだけだ、と、そう言いたかったのだが、早乙女は高沢の意図をまるで汲《く》みはしなかった。

「あいつ、やたらと組内の情報、集めてやがるんだよ。ここに来るのだってあんたから組長の情報を引き出すためなんじゃねえの？」

「……俺から情報を引き出せると思うか？」

どちらかというと峰から情報を得ているくらいなのだが、と眉を顰めた高沢を前に早乙女は一瞬、言葉を失った。確かにそのとおりと思ったからだろうと高沢は、苦笑しつつまた口を開いた。

「確かに峰は好奇心旺盛《おうせい》ではあるが、別に人の迷惑になっているでもなし。かまわないと俺は思うが」

「うっせ」

早乙女は自分と意見の違う人間の話は基本的に聞かない。わかってはいたが、と、そっぽを向いた彼を前に高沢は密かに、やれやれと溜め息を漏らし、話題を変えようと話しかける。

「風間若頭補佐は一人でいらっしゃるのか？」

「組長も来るかって？　来ねえと思うぜ」

早乙女がぶっきらぼうに答える。

「いや、組長に限らず……」

そういうつもりで聞いたわけではなかった。ただ人数を知りたかっただけだと続けようとした高沢に対し、早乙女はなぜだか、しまった、というような表情になり慌てて喋《しゃべ》りだした。

「あてこすったわけじゃねえんだぜ。確かに今、組内じゃあ、組長が若頭補佐とべったりって噂はあるけどよ。それに昨日の風間の兄貴の手柄で、ますます信頼が厚くなったとは、まあ言われちゃいるが、だからといってそんな、組長が若頭補佐に夢中だとか、二人がアヤしいんじゃねえかとか、そういうのは単なる噂だからよ」

「…………噂があるんだな」

今の話を聞く限り、と高沢はつい、早乙女に確認を取ってしまっていた。

「いや、ねえよ。ねえっ！」

早乙女が一段と高い声を上げる。が、彼の顔を見れば、嘘《うそ》をついていることは明白だった。

「組長と若頭補佐がそういう仲だというのはマズいと、以前言っていなかったか？」

自分がなぜ早乙女を深追いしようとしているのか、高沢にはその理由がよくわかっていなかった。しかもこんなきつい語調で、と己《おのれ》の発言に戸惑いを覚えていた高沢の前で早乙女が見るからに動揺してみせる。

「あ、当たり前《めえ》じゃねえか。ただよ、二人ともすげえべっぴんだし、それに組長はほら、あんたっつー男の愛人がいるしでよ、ゲイならゲイでかまわねえんじゃねえかって、そんな風潮が最近出てきたっつーのも事実っつーか、その、なんだ」

喋っているうちに自分でもわけがわからなくなったようで、早乙女は強引に話を打ち切ってしまった。

「ともかく！　これから風間の兄貴が来るからよっ！　銃の準備、しといてくれや。わかったな？　俺はちゃんと伝えたからよっ」

叫ぶようにしてそう告げると彼は、ドタドタと足音も高く練習場を立ち去っていった。

「…………」

その背を見送る高沢の胸には、自分でもこれ、と説明できないような感情が渦巻いていた。不快、というのとは少し違う。どす黒いとまではいかない、グレイのもやが心の中に澱《おり》のように溜まっている、そんな感じだった。

切ない——悲しい、というのとも違う気がする。いらつく、というほどの攻撃性はない。どちらかというと、諦観《ていかん》。それか、と高沢はようやく、胸に溢《あふ》れる想いの正体に近い言葉を見つけ出し、なんとなく安堵した。

見つけたところでどうなるわけでもあるまいし。もう一人の自分の声が心の中から聞こえてくるのに耳を塞ぎ、風間のための銃の用意をしはじめる。

予感めいた思考だったが、今日、風間はマグナムを撃ちたいというのではないかと思い、彼が愛用しているというベレッタ以外に、この間撃っていたニューナンブに加え、櫻内が愛用している四十四口径を選んでいるところに、風間到着の報が入った。

高沢は出迎えのためにエントランスに走り、早乙女と共にやってきた風間に頭を下げた。

「やあ」

風間はどこまでも明るかった。結局早乙女から答えは得られなかったが同行者はなく、一人でやってきたようだ、と高沢は頭を下げながらそう判断を下した。

「来すぎかな?」

「いえ、そのような……」

頭を下げる高沢の横から早乙女が緊張した声を出す。

「あの、昨日は組長を護《まも》られたそうで……」

「あはは、君は耳が早いねえ。そんなたいそうなことじゃないよ」

風間が朗らかに笑い、早乙女の肩を叩《たた》く。途端に早乙女の顔が真っ赤になるのを、この面食いが、と高沢は呆《あき》れながら見つめていた。

「撃てる?」

「はい」

ご案内します、と高沢が風間の前に立ち、練習場へと向かって歩きはじめる。

「ここでは飲み会もできるんだって? 俺も今日は君と飲みたいな。どう? 高沢君」

「…………」

風間こそ、耳が早いのではないか。驚き振り返った高沢に風間が、にっこりと華麗な笑みを向けてくる。

「……お食事の用意をさせます」

かろうじてそう告げることはできたが、高沢は今、混乱していた。

風間の意図が読めない。自分と飲みたいというその理由はなんなのか。社交辞令か。からかっただけなのか。それとも何か話があるのだろうか。

たとえば——櫻内について、とか。

まあ、いい。それはそのときになって考えよう。なんとか気持ちを立て直そうとしていた高沢の耳に、風間の歌うような声が響く。

「今日はマグナムを撃ちたい気分なんだ」

「………ご用意しています」

勘が当たった。それだけのことなのにそう告げる高沢の胸には、またもやもやとした思いが——今度は『諦観』とはまた違う、どす黒いとしかいいようのない感情が湧《わ》き起こっていた。

射撃練習場で風間は今日は、高沢に指導を仰ぐことはなかった。マグナムで数十発撃ったあと、

「やっぱり重い」

と笑い、普段使い慣れているベレッタで百発以上撃ち、気が済んだと笑うと風呂に向かっ

ていった。

風呂上がりに食事をとりたいという希望があったので、渡辺が腕をふるい、高級料亭と見《み》紛《まが》うほどの準備をして風間が風呂を上がるのを待つことになった。

迎える場所は食堂でいいのか。離れに案内すべきかと高沢は最後まで迷った挙げ句に、風間本人に希望を聞いてから決めることにした。

「ああ、いいお湯だった」

ここの露天風呂は絶景だね、と満足げな顔をしている湯上がりの風間は浴衣姿《ゆかたすがた》で、高沢はやはり離れに案内すべきかと思いつつ、どうしたいかを本人に問いかけた。

「離れも見てみたいけど、玲二がヤキモチやきそうだからな」

やめておく、と風間は笑い、食堂での持てなしが決定した。

「凄《すご》いじゃない。まさか料理人を雇った……ってわけじゃないよね？」

次々出てくる料理を見て風間が感嘆の声を上げたのに、高沢は「違います」と首を横に振り配膳していた渡辺を彼に紹介した。

「すべて彼が作ったものです」

「あれ？　君、この間銃を用意してくれた子？」

風間が渡辺を見つめ、問いかける。

「は、はい」

視線に晒《さら》されることに慣れていないのか、俯いた渡辺を風間は暫《しばら》くじっと見つめていた。

「あ、あの……」

次の料理をお持ちします、と渡辺が、おそらく気まずさからであろうがそう告げ、風間の前を辞そうとする。

「名前は？」

だが風間はそれを許さなかった。身を乗り出し問いかけてきた彼に対し、渡辺は消え入りそうな声で自分の名を告げた。

「渡辺……です」

「可愛《かわい》いね。いくつ？」

「……二十歳《はたち》……です」

「若いなあ。それだけに肌も綺麗《きれい》だ。ねえ？」

にこにこ笑いながら風間がすっと手を伸ばし、渡辺の頬に触れる。

「あ、あの……っ」

びく、と渡辺が身体を震わせ、どうしよう、というように高沢を見る。高沢も思わぬ展開に戸惑いまくっていたのだが、事態はこれだけでは終わらなかった。

「ああ、そうだ。高沢君」

風間もまた高沢を見やり、にこやかに笑いながら問いかけてくる。

「はい」

「ここの離れは君の部屋しかないわけじゃないんだよね？」

「……はい……？」

何を聞きたいのか。まるでわからなかったものの、三部屋あるため頷いた高沢だったが、続く風間の問いを聞き、驚愕《きょうがく》のあまり声を失ってしまった。

「なら、一部屋用意してもらえるかな？　俺とこの、渡辺君のために」

「………っ」

それはもしや――高沢の脳裏に以前峰から聞いた、風間の性的指向についての情報が蘇《よみがえ》る。彼はバイであり、抱くほうも抱かれるほうもいけるという。まさか渡辺を抱くと、そう宣言しているのか、と驚き顔を見やった高沢に、風間はどこまでも華麗に微笑《ほほえ》んでみせた。

「察しがいいね。そう。渡辺君が気に入ったんだ」

「あの……っ」

渡辺がそれを聞き、明らかに動揺してみせる。困った顔をし、高沢に縋《すが》るような視線を向けてきた彼に対し、どう答えればいいのかと高沢は酷《ひど》く迷った。

「離れ、貸してもらえるよね？」

風間が微笑み、高沢に許可を求める。

「………」

相手は若頭補佐。今や菱沼組では組長に次ぐ役職であるという意識は勿論高沢にもあった。拒絶することはできない。しかし、と高沢は渡辺に視線を向けた。

「若頭補佐のご指名だぞ？　名誉じゃねえかよっ」

渡辺の横では、早乙女が本人に『嫌だ』と言わせぬよう、必死で諭《さと》そうとしていた。

「…………」

渡辺は今や泣きそうな顔になり、ただただ高沢を見つめてきた。

『嫌です』

彼の視線が物語る言葉はその一言に尽きた。どうするか。高沢の胸の中で葛藤《かっとう》がはじまる。

実際、若頭補佐の希望を組員が拒絶できるものなのか。ナンバー2の命令であれば従わざるを得ないのではないか、ということは、部外者である高沢にとっても共通の認識ではあった。

だがことは性的要因だ。拒絶する権利は認めるべきではないかというあまりにも当たり前の考えと、組のナンバー2に見初《みそ》められたのだから、抱かれるべきであるという極道としての『常識』が、高沢の胸の中で戦っていた。

「男は初めて？」

風間の問いに渡辺が消え入りそうな声で「はい」と答えている。

「そんなに可愛い顔してるのにね」

ますます興味が湧いてきた、と笑う風間を見た瞬間、高沢の中で何かが弾けた。

「あの……私が口を出すことではありませんが」

思わずそう切り出した高沢に対し、早乙女がぎょっとした顔になり、渡辺がますます思い詰めた表情で見つめてくる。

「なに？」

話しかけた相手である風間が唯一、平然とした表情を浮かべていた。問い返してきた彼に高沢は、言葉を選ぼうかと頭を巡らせたあと、いい表現も思いつかなかったため、心にあるがままの台詞《せりふ》を告げたのだった。

「可能でしたら、無理強《むりじ》いはしないでほしいのですが」

「おい……っ」

それを聞き、真っ先に反応したのは早乙女だった。顔色を変える彼の横で渡辺が泣き出しそうな顔になり高沢を見つめてくる。

「無理強い……ね」

風間は少し——ほんの少しだけではあったが、戸惑っている様子だった。呟いたあとには、だが、戸惑いは失せたようで、高沢にニッと笑いかけてきた。

「君が玲二《れいじ》に無理強いされたからかな？　経験上、同情してるってわけ？」

「……いえ……」

同情とは違う気がする。首を横に振る高沢を風間は暫《しば》し――それこそ高沢がいたたまれなさから視線を逸《そ》らせるほどに見つめていたが、やがて、

「わかったよ」

と微笑み、肩を竦めた。

「今日は大人しく帰ることにするよ。玲二にも教えてやろうと思う。無理強いから生まれる愛はないってね」

「………申し訳ありません」

要望を聞き入れることができなかった、と頭を下げる高沢の胸の中で、どす黒い感情が増していく。

無理強いからでも愛は生まれる。だがそれを主張すれば渡辺を護ることはできない。

卑怯《ひきょう》なことこの上ない。そうも憤《いきどお》る自身を持て余しながら高沢は、安堵のあまり泣き出しそうになっている渡辺の視線を重く感じ、溜め息を漏らしそうになっていた自分を制御することに意識を砕いたのだった。

6

結局その日、風間は宿泊することなく練習場を立ち去っていった。

「あの……どうもありがとうございました……っ」

危機を脱した渡辺は、風間の姿が見えなくなると、高沢に縋り付くようにして礼を述べたが、その瞳に期待感としかいいようのない光が灯《とも》っていることに、高沢は違和感を覚えずにはいられなかった。

「礼を言われるようなことはしていない」

そう言い、渡辺の感謝を退けようとした高沢の横では早乙女が、

「まったくよう」

と不満たらたら、と言った様子で文句を言いはじめる。

「若頭補佐から直々《じきじき》に誘われたんだぜ。断るなんて選択肢、あるわけねえだろが」

知らねえぞ、と早乙女が渡辺を脅すことに、なぜか高沢はカチンときてしまい、普段であれば言わずにすませていた言葉を彼に告げていた。

「もしもお前が同じ立場になったら、大人しく従ったのか？」

「当たり前よ」

早乙女は胸を張ったが高沢がじっと顔を見つめると、

「そんなん、ありえねえからよ」

と口を尖《とが》らせ、少しも『当たり前』ではないことを態度で示してきた。

「わからないぞ。風間さんは男役も女役も、どちらもいけるそうだから」

「ねえよ。てかなんでそんなこと、知ってんだよ」

声を荒立てる早乙女に高沢は、この話は終わりだ、と話題を切り上げ、それより、と昨日彼がどこにいたのか、それを尋ねることにした。

「昨日か？　組事務所に行ってたんだよ」

組長の様子を知りたかった、という早乙女に高沢は、狙撃された以外で何か情報を得たかと問いかけた。

「いやあ、話題は風間の兄貴が組長を護ったってくらいだったぜ」

「ここを襲った中国マフィアについては？　何かわかったのか？」

「話題にもなってなかったなあ」

早乙女が首を傾げたが、高沢がなんだ、というように溜め息を漏らすと、少々気まずそうな顔になりぼそぼそと言葉を続けた。

「勿論、調査は続けてるとは思うぜ。ただ、相手は中国人だろ？　歌舞伎町《かぶきちょう》の中の人間ならすぐさま特定できるが、探す場所が広すぎてよ、見当がつかねえんじゃねえの？」

「他に中国マフィアからの攻撃はないのか？　組員個人に対するものでもなんでも」

高沢の問いに対する答えを早乙女は持っていなかったらしく、

「知らねえよ」

と気まずそうに言い捨てると、

「それよりよ」

と、彼の知っている話題をしはじめた。

「風間の兄貴、松濤《しょうとう》の高級マンションに住むんだってよ。最上階の部屋だ。ペントハウスっつーの？　その一部屋しかないっつーんだが、誰が金出したと思う？」

「組長だろう？」

他に誰がいる、と高沢は答えながらも、場所が松濤であることに少なからずショックを受けていた。

「……ま、そうだよな」

早乙女が少し、バツの悪そうな顔になる。

「百合子って愛人も同じマンションに住まわせるんだそうだ。警護の組員たちも常駐する。今回の狙撃の件で、風間の兄貴も名を上げたからな。命《タマ》狙われる確率が跳ね上がったからじゃねえかと、組内ではもっぱらの噂だ」

生き生きと噂話を続ける早乙女を前にし、高沢は珍しいことに苛立《いらだ》ちを募らせていた。

「お前も通常業務に戻りたいんなら、口添えするぞ」

それで思わずそう告げてしまったのだが、聞いた早乙女に驚いた顔になられ、何をやっているんだか、と高沢は瞬時にして反省した。

「俺を追い出そうっつーのか？　あんた、俺なしでここ、回していけると本気で思ってるわけじゃねえよな？」

ほぼ働いていないといっていいのに、早乙女が偉そうなことを言う。それに対してはいつものようにあまり苛立ちを覚えない。

自分が苛立ったのは単に、風間が松濤に住むことに関してか、と思い知らされた高沢は、そんな自分にショックを覚えるあまり受け答えが胡乱《うろん》になった。

「戻りたいのかと思っただけだ」

「そりゃ戻りてえよ。でもあんたを残してここ出るわけにはいかねえだろ」

恩着せがましく早乙女はそう言うと「それに」と言葉を続けた。

「もうすぐホンモノの教官が復帰するって話じゃねえか。そしたらあんたも通常業務に復帰するんだし、もうちょっとの辛抱だろ」

「……だといいがな」

そう呟く高沢の前で、早乙女がぎょっとした顔になる。

「ちょっと待てや。もしかしてあんた、ここに残る気か？」

冗談じゃねえ、と憤る早乙女に高沢は、そうじゃない、と首を横に振った。

「俺には決められないからだ。だってあんた、ボディガードに戻れるかどうか」

「そりゃ戻れんだろ。ボディガードとして雇われてるんだしよ」

そう言いながらも早乙女が心配そうな表情を浮かべ、高沢の顔を見つめてくる。

「あんたさ、ここの仕事が自分に向いてるとか、思ってんじゃねえの？　だとしたら勘違いだぜ。あんたに人の指導は向いちゃいねえ。そのうちボロが出るに決まってらあ」

「……酷い言われようだな」

悪《あ》し様《ざま》に言われ、思わず高沢は苦笑した。

「だって俺を指導できてねえじゃねえか」

早乙女が口を尖らせ、高沢を睨《にら》む。と、それまで黙っていた渡辺が、珍しいことに『兄貴』と慕う早乙女に反発するようなことを言い出した。

「……オレは、高沢さんは教官に向いていると思います。組の皆も、教官を続けてほしいと思うんじゃないかと……」

「あぁ？　てめえ、こいつに庇われたからっていい気になるんじゃねえぞ？」

予想通り、その発言は早乙女の逆鱗《げきりん》に触れ、鬼のような顔になった彼に渡辺は度突かれそうになった。

「やめておけ。世辞だ」

二人の間に立ち塞がり、またも渡辺を庇ってやりながら高沢は、確かに自分には向いていない、と苦笑する。

「不用意に笑うなって言ってんだろっ」

と、それを見た早乙女が顔を真っ赤にし、ふいと視線を背けた。

「?」

笑った自覚のなかった高沢が眉を顰めると早乙女は、

「あんた、教えながら笑ってんじゃねえだろな?」

と顔を背けたまま問いかけてくる。

「いや?」

笑いはしないと思う。なぜそんなことを問われるのかはわからないが、と銃の指導の場面を思い出しつつ答えた高沢に、ようやく早乙女は向き直ると、

「ならいいけどよ」

とまた口を尖らせた。

「あんたさ、組長の愛人っつー自覚をもっと持ったほうがいいと思うぜ?」

「…………」

果たして今も自分は櫻内の『愛人』なのか。そう問おうとした高沢は、自分が『そうだ』という答えしか期待していないことを察し、やりきれない気持ちに陥った。

早乙女は櫻内に信奉しているが、胸の内を完全に把握《はあく》しているわけでは当然ない。自分が問いかける相手は彼ではなく櫻内本人であるが、その問いを発する勇気はどう考えても生まれてこない。

男の愛人になったという時点では、自分を女々しいと感じたことはなかったものの、最近の、こうしてあれこれと悩む姿は女々しいことこの上ない、と高沢は自己嫌悪に陥っていた。

「ともかく、もう暫くの辛抱だからよ。なんだっけな、ああ、そうそう、三室所長の復帰を待とうぜ」

落ち込んでいることが顔に出たのか、早乙女がそんなフォローをし高沢の背を叩いてくる。

「……そうだな」

頷きながらも高沢は、果たして三室が復帰したあと自分の居場所があるのかどうかと、またも女々しく悩みそうになっていることに気づかぬふりを貫いた。

その夜、高沢は珍しいことに布団に入ったあとも眠れずにいた。普段であれば、寝ようと思った次の瞬間にも睡魔《すいま》が訪れるのだが、一体どうしたことか、と何度も寝返りを打つ。

「………」

コツン、と窓ガラスに何かが当たる微《かす》かな音がした。外は風が強い。小石でも飛んできたのかと思いながらも高沢は布団を出、窓辺へと向かった。

何か予感があったのだと思う。それゆえ障子を開け窓ガラスの外を見やったとき、そこに見覚えのある男の姿を見出したことに対し、そう驚きはしなかった。

窓を開けそうになり、警報器が鳴るか、と思い出した高沢は、浴衣のまま部屋を出、中庭へと向かった。

「よお」

暗闇《くらやみ》の中、高沢の姿を見つけた男が、いつものように笑顔を向けてくる。

「どうした?」

何より、どうやってここに入った、と高沢が問いかけた相手は、ボディガード仲間の峰だった。

「警備システムが発動しただろう?」

「帰らなかっただけだ。なあ、少し時間、いいか?」

峰はいつものようにひょうひょうとしていたが、彼の顔色が酷く悪いことに高沢は気づいていた。

「来い」

なんだか嫌な予感がする。そう思いながらも高沢は自分が寝所にしている離れに彼を連れていった。

「何か飲むか？」

離れの冷蔵庫には、一通りのものが揃《そろ》っている。問いかけると峰は、

「酒が飲みたい」

と告げ、自分で冷蔵庫に向かっていった。

「腹は？」

「減ってる。けど、誰も起こさなくていい。いや、起こさないでくれ」

言いながら峰がスーパードライを二缶取り出し、高沢のもとに戻ってきた。

「飲むか？」

「ああ」

ありがとう、と受け取りプルタブを上げると、峰も高沢が寝ていた布団に腰を下ろし、プルタブを上げた。

「乾杯」

おどけた様子で缶を差し出してくる彼に合わせてやりながら、高沢はじっと峰の、少し憔悴《しょうすい》の色が見える端整な顔を見つめ口を開いた。

「どうした？　何かトラブルか？」

「ああ。はめられた」

峰がぼそりと呟き、ビールを呷《あお》る。

「はめられた？　誰に？」

どういうことだ、と尋ねる高沢に峰は、事情を説明しはじめた。

「誰かはわからん……が、組長を狙撃した相手は俺が手引きしたということになっている」

「どうしてまたそんなことに」

高沢は心底驚き、思わず大きな声を上げてしまった。

「わからねえ。いや、わかる……かな。俺が目障りだったんだろう」

峰が苦笑し、肩を竦める。

「目障り？」

問い返してから高沢は、そう思うということは、と峰に再度問いかけた。

「誰にはめられたか、心当たりがあるんじゃないか？」

「特定はできない……心当たりがありすぎるんだわ」

またも苦笑した峰の目を高沢が覗《のぞ》き込む。

「なんだ？」

峰もまた高沢を真《ま》っ直《す》ぐに見返した。

「…………」

嘘をついている様子はない。すべてを明かしてもいないようだが、と、峰の目を見て高沢は判断を下すと、どうしたものかと考え込んだ。

自分に救いを求めに来たということは、峰は組の人間から追われているのだろう。匿《かくま》うことは可能だろうか。咄嗟《とっさ》に考えを巡らせ、可能、と頷く。

「奥に教官が使っていた部屋がある。そこなら誰も足を踏み入れることはない」

行こう、と高沢は殆《ほとん》ど飲んでいないビールの缶を床に置き立ち上がった。

「…………」

峰が物言いたげに高沢を見上げたあと、飲みきったらしい缶を手の中で潰《つぶ》し立ち上がる。

「迷惑をかけることになるな」

ぼそ、と呟くと峰は、高沢に向かい深く頭を下げた。

「申し訳ない。恩に着る」

「それよりこれからどうするか考えよう。お前をはめた人間を探すことになるだろうが」

こっちだ、と高沢は峰の前に立ち、三室の部屋に向かうべく部屋の襖《ふすま》を開いた。離れで寝泊まりしているのは高沢のみゆえ、人目を気にすることはない。廊下を少し進み、最も奥まったところにある部屋の襖を開けると高沢は、

「灯《あか》りはつけないでおこう」

と心持ち声を潜め峰に囁いた。離れに人はいないが、監視の対象ではある。不用意に普段使っていない部屋の灯をつけることで、監視役の組員の注意を引くことを恐れたのだった。

「月明かりで充分だ」

峰もそのあたりは承知しているようで、小さな声で返したあと、ぐるりと室内を見回した。

「三室教官は間もなく戻るんだろ？」

「らしいな」

高沢は頷くと、峰に布団を敷いてやろうと押し入れへと向かおうとした。

「大丈夫だ。自分でやるよ」

その前に峰が立ち塞がり、高沢の肩を両手で摑む。

「なんだ？」

そのままじっと自分を見下ろしてきた峰に高沢が問いかける。

「…………いや……」

峰は何かを言いかけたが、すぐ、苦笑するように笑い首を横に振ると再び、

「申し訳ない」

と高沢の肩を離し、深く頭を下げた。

「まずは休め。空腹は今夜は我慢してくれ。明日、食事を届けるから」

おやすみ、と高沢は峰に微笑み、踵《きびす》を返そうとした。

「……っ」

その瞬間、背後から腕を摑まれ、はっとして振り返る。

「なんだ？」

「ああ、すまん。つい」

振り返ると峰は、らしくなく動揺してみせ、すぐに高沢の腕を離した。

「？」

どうした、と眉を顰めた高沢に峰は「なんでもない」とまたも苦笑すると、

「おやすみ」

と挨拶《あいさつ》を返し笑ってみせた。

高沢は一人自分の寝所に戻ると、これからどうするかと一人考えはじめた。独力で峰を匿うのは不可能である。早乙女と渡辺には明日早朝に明かし、協力を仰《あお》ごうと心を決めた。

渡辺はともかく、問題は早乙女である。早乙女には隠すかとも考えたが、あとからわかったときにより問題が大きくなるとわかっているだけに、それもできない、と高沢は溜め息を漏らした。

もともと早乙女は峰を嫌っている上、組に対し嘘をつかせることになるが、それを彼が快諾するとは思えない。どう説得するかと考えているうちに、夜が白々と明けてきた。

それにしても、と高沢は寝ることを諦《あきら》めて起き上がり、窓辺へと向かった。明るくなった

外の景色を見ながら彼は、峰の言葉の一つ一つを思い出し、状況を把握しようとした。

峰は『はめられた』と言っていた。狙撃手は峰が手引きしたことになっているという。その噂はまだ、早乙女の耳には入っていないようだった。今日にも早乙女を組事務所に再び向かわせ、情報を集めてもらうか、と考える。

誰が峰をはめたのか。峰を目障りだと思う人間は果たして誰か。心当たりがありすぎると言ってはいたが、峰にその何名かを挙げさせよう。何もないところからは探れない。

とはいえすべて早乙女を納得させてからだが、と困難であるに違いない行為を思う高沢の眉間《みけん》にはくっきりと縦皺《たてじわ》が刻まれていた。

そもそも、峰を信用していいのか。彼が組にボディガードとして雇われたこと自体が仕組まれたことだとしたら――?

警察時代の峰との接触は、道場以外では殆どなかった。彼の人となりを知っているかと問われれば、知っている、と頷くことを躊躇《ためら》うほどである。

選択を誤ったのではないか。朝日が昇りはじめた空を見ながら高沢は自分が果たして正しい判断をしたのかと、自分自身に問いかけた。

もと同僚ということで目が曇《くも》っていたのではないか。峰は狙撃手の存在に気づかなかったと言ったが、彼の能力をもってすれば『気づかない』ことはあり得ない。気づかないふりをしていただけではないのか。まずはそこを疑ってみるべきだったのでは?

「……それはない……な」

ぼそ、と高沢は呟き、その声が思いの外響いたことに少しだけ狼狽《ろうばい》した。

なぜ、自分がそうも峰を信頼しているのか、理由はわからなかったが、間違いはない気がする。

『刑事の勘』という言葉がぽん、と高沢の頭に浮かび、馬鹿か、と思わず彼は苦笑した。もう自分も、そして峰も刑事ではない。今更『勘』もないものだ、と我がことながら呆れたのである。

だが刑事を辞めてからもう何年も経《た》つ気がするが、実際はそれほどの年月が過ぎているわけでもない。となるとまだ『勘』は有効か、と、自分にとっていいように考えていることに気づき苦笑した高沢は、本当に考えねばならない事柄から逃避していることには、随分早い段階で気づいていた。

ともかく最初の関門は早乙女だ。彼を黙らせてから峰の危機を救う方法を考えよう。よし、と高沢はそう心を決めると、少しは寝るかと再び寝床へと戻ったのだった。


「あんた一体、何考えてんだよっ」

朝、起こしに来た渡辺に早乙女を部屋に呼んでもらい、彼に峰を匿う旨を伝えたのだが、早乙女は高沢の予想したとおり、絶対に駄目だ、と強硬に反対してみせた。

「だいたい組長の目を誤魔化せるわけねえ。てか、組に追われてる人間を匿うとか、ありえねえだろ。あんたが組に対して敵愾心《てきがいしん》を抱いていることになるんだぜ？　わかってんのか？」

「しかし、峰は罠《わな》にはめられたと言っている」

「なんでそれが信用できると思うんだよっ」

早乙女は断固として反対し、すぐにも組事務所に連絡を入れそうになった。

「頼むから待ってくれ」

高沢はそんな彼にいつになく深く頭を下げ、まずは調べてほしいと頼み込んだ。

「情報を集めてきてほしい。それから判断するのでも遅くはないだろう？」

頼む、と二度、三度と頭を下げると、早乙女は渋々、

「わかったよ」

と頷いてくれた。

「調べてくるよ。で、もしあの野郎が相当ヤバいことに足突っ込んでやがったら、すぐさま突き出してやるからな」

「……突き出すのはマズいと思います……」

と、ここで高沢にとって思わぬ援軍が現れた。渡辺がおずおずと口を挟んできたのである。

「どういうことだよ」

早乙女が機嫌悪く渡辺に吠《ほ》える。

「……その……高沢さんは一旦、峰さんを匿ってしまってます。それが上層部に知られると、高沢さんの立場も悪くなると思うんです」

「……本当にあんたは、考えなしだよなあっ」

渡辺の言うことはもっともであると早乙女は判断したらしく、言った本人には何も言わずに、ぎろり、と高沢を睨みそう吐き捨てた。

「……悪い……」

これで早乙女が、上層部に対し峰がこの射撃練習場にいると明かすことはなくなった。ありがたい、と高沢は心の中で渡辺に感謝しつつも、できるだけ神妙な顔を作り、しつこく早乙女に頭を下げた。

「わかったよ。調べてくるよ。いいか？　あの野郎、ここにいる他の連中に絶対見られねえようにしろよっ」

さすがの早乙女も、高沢に何度も何度も頭を下げられ、そんな経験が今までなかっただけにいたたまれなくなってきたらしい。少し赤い顔をしてそう言い捨てると、

「言ってくらあ」

と、部屋を出ていった。

「ありがとう。助かった」

渡辺と二人、部屋に残された高沢は、改めて渡辺に対して深く頭を下げた。

「そんな、顔、上げてください。オレ、なんもしてないんで……」

渡辺は消え入りそうな声でそう告げたあと、

「あの」

と非常に言いにくそうにしつつ、問いを発してきた。

「なんだ？」

「……高沢さん、騙《だま》されてるわけじゃないですよね？」

峰は本当に信用できるのか。渡辺の猜疑心《さいぎしん》溢れる表情がそう物語っていた。

「………」

大丈夫だ、と言ってやりたかったが、断言できる保証は何もない。どう言えば安心してもらえるかと考えた結果高沢は、これなら断言できるという言葉を思いつき口を開いた。

「大丈夫だ。何があろうとお前と早乙女に迷惑をかけることはしない」

一切の責任を持つ、と告げ頷いてみせた高沢の前で、渡辺は一瞬何か言いかけたが、すぐ、ふるふると首を横に振った。彼の瞳にみるみるうちに涙が滲んできたのを見て、一体どうしたことだと高沢はらしくなく狼狽し、渡辺の腕を掴み顔を覗き込んだ。

「どうした？」

まさか自分の言葉がより、不安を与えたのか。だとしたら申し訳ない、と謝罪しようとした高沢の腕を逆に摑み、渡辺が訴えかけてくる。

「迷惑だなんて思っていません……っ！　どうか、どうか頼りにしてください。オレ……オレ、高沢さんのためならなんでもします！　なんでもしますから……っ」

叫ぶようにしてそう告げる渡辺の両目からは、ぼろぼろと涙が零《こぼ》れ落ちていた。

「あ、ありがとう……」

なぜそうも泣くのか。驚き、そして戸惑いながらも高沢が礼を言うと、渡辺は、取り乱している自分が恥ずかしくなったのか、

「す、すみませんっ」

と赤い顔をし、高沢の腕を離して俯いた。

「……高沢さん、オレのこと護ってくれたじゃないですか。だから今度はオレが高沢さんを護りたいんです……」

涙に濡れる目を掌《てのひら》で拭《ぬぐ》いながら渡辺はつっかえつっかえそう言うと、

「失礼します……っ」

と俯いたまま、部屋を駆け出していった。

「………」

彼を護ったことなどあっただろうか、と高沢は首を傾げ、もしや彼が風間にコナをかけら

れた際に口を出した、あのことを言っているのかと思いつく。

別に命を救ったわけではないのに、そうも恩義を感じられると、逆に申し訳ない。気にするなとあとで彼には言っておこう、と渡辺の出ていった襖を見ていた高沢の背後、奥の座敷の障子がすっと開き、身を隠していた峰が顔を出す。

一応、早乙女と渡辺の二人とは対面させておこうと思い、高沢は峰を自分の部屋に呼んでおいたのだった。が、早乙女の剣幕があまりに凄かったため、紹介しそびれていたのである。

「色々、悪いな」

峰が心底申し訳なさそうな顔をし、頭を下げる。が、次の瞬間彼は、その神妙な顔はどこへやら、にやりと頬を歪《ゆが》めて笑い、高沢を揶揄《やゆ》して寄越した。

「しかし姐さん、可愛いツバメを飼ってるじゃあないの。渡辺君だっけ？　彼、お前に夢中だねえ」

「……ふざける余裕があってよかったよ」

昨夜はあれほど意気消沈していたくせに、と嫌みを交えた言葉を返すと峰は、

「いや、ほんと、助かるわ」

とまたも真面目《まじめ》な顔になり頭を下げた。

揶揄は不安の裏返しかもしれない。そう察した高沢は、早々に話題を変えることにした。

「あの二人は信用できる……が、他の組員まで黙らせる自信はない。だから……」

「わかっている。見つからないようにしろ、だろ？」

気をつける、と頷く峰の表情には、やはり少し気になるところがある。

「なあ」

それで高沢は、一体彼は何を隠しているのかと、本人に尋ねることにした。

「なんだ？」

峰が、にこ、と笑い、小首を傾げるようにして問い返す。

「俺に隠していることがあるよな？」

高沢がそう言うと峰は、少し困ったように笑ってみせた。

「ない……とは言えない。これだけ世話になった上で、嘘はつけないからな」

だが、と峰は高沢が何を言うより前に言葉を続けた。

「今は話せないというだけで、必ず打ち明ける。ただ、打ち明けたことでお前も巻き込むんじゃないかと、心配ではあるんだが……」

「一体なんなんだ？」

勿体《もったい》をつけず、教えろ、と詰め寄る高沢に対し、峰は苦笑するように笑って首を横に振ってみせた。

「今は言えない。だがお前の信頼を裏切ることだけはしない。それだけは信じてくれていい……いや、違うな。信じてくれ」

真摯《しんし》な眼差《まなざ》しを向けてくる峰の、その瞳は澄んでいた。彼は嘘をついてはいない。となるとやはり彼が隠していることは気になる。

とはいえここまで言ったとなると、明かすつもりはないのだろう。それなら聞くだけ無駄だ、と高沢は追及を諦め「わかった」と頷くに留めた。

人に対してあまり踏み込むことのない性格ゆえ、話したくないものは聞かずともいいかと諦めたのである。

諦めがよすぎるというのは性格上の欠点だと、高沢自身わかっていた。が、いくらわかっていようとも、そもそもの性格が変わることもない。

それゆえ高沢は、頷いた自分に安堵して笑いかけてきた峰に対し、理由は聞いていないままでもそう悪いことにはならないだろうという安直な考えのもと、彼もまた微笑み頷いてみせたのだった。

7

峰が練習場で密《ひそ》かに生活をするようになり、三日が過ぎた。早乙女の調査によると、峰は本人の言ったとおり、狙撃手を引き入れた仲間と思われており、今、組では総出を上げて彼の行方《ゆくえ》を捜しているという。

峰がどこの団体と通じているのか等、詳細はまるでわかっていないという話だったが、実際のところは下々までは聞こえてこない、と早乙女は悔しげに顔を歪めた。

「中国マフィアっつー説と、新興の団体っつー説、二つあるみたいなんだがよ、今のところ、どっちも裏は取れてねえってとこじゃないかと思う」

どちらにせよ、峰は怪しい、と早乙女は、すぐさま彼をここから追い出せと主張し、高沢はそれを宥《なだ》めるのに苦労した。

峰は峰で、相当ストレスを溜めている様子だった。

「本来なら自分で探りに行きたいんだが、今、組の連中に見つかりでもしたら確実に消されるしな」

命は惜しい、と言いながらも、表情に余裕がなくなっていく。

彼の身の潔白を証明する何か良い方法はないか、と考えるも、高沢には一つとしていいアイデアは浮かばなかった。

いっそのこと、直訴よろしく櫻内に打ち明けようかとも考えたが、逆鱗に触れる確率は限りなく高い上に、そうなった場合庇いきれる自信はないと、早々に諦めたというわけだった。

この三日のうちに、櫻内は少しも姿を見せなかったが、風間は昨日と一昨日《おととい》、二度も練習場を訪れた。

一昨日は一人で来たが、昨日彼は『美青年』という表現がぴったりの若い男と共に来訪し、高沢や皆を戸惑わせた。

「昨日、杯を下ろしたんだよ」

聞けば三ヶ月ほど前に組に入った若者とのことで、今後、風間のマンションに住み込み、彼の身の回りの世話を焼くことになるという。

「銃を撃たせてやりたくてさ」

風間は自身の言葉どおり、その若い組員に手取り足取り、射撃を教えていたが、二人の様子を見るだに、そうしたことに鈍い高沢ですら、性的関係があるに違いないとしか思えないような雰囲気だった。

その後二人は露天風呂に入ったが、そこでは人目も憚らず、えげつない行為に耽《ふけ》っていたと、こっそり探りに言った早乙女に知らされ、高沢はなんともいえない気分に陥った。

「下手したら渡辺が、あんな目に遭ってたのかもしれねえなあ」

そうならなくてよかったぜ、と早乙女がしみじみ言うほど風呂での行為は『えげつない』ものだったようで、それを聞いた高沢は、渡辺と二人して安堵の息を吐いたのだった。

三日目の夕方、高沢の依頼で三室の見舞いに行った渡辺は朗報を手に戻ってきた。

「明日、退院とのことです。迎えに行こうと思います」

「よろしく頼む」

いよいよ退院か、と安堵し、微笑んだ高沢を酷く眩《まぶ》しいものを見るように眺めつつ渡辺が、

「はいっ」

と元気よく返事をする。

「ようやく戻れんのか」

嬉しいぜ、と早乙女は浮かれた声を上げたがすぐに、

「でもよ」

と声を潜め、高沢に囁いてきた。

「あの野郎はどうする？」

峰の処遇を尋ねてきた彼に高沢は、

「教官に相談しようと思う」

と返したが、その言葉の裏には、三室ならおそらく峰を護ってくれるに違いないという考

えがあった。

「それしかねえよな」

頷くと早乙女は、そういえば、と別の話題を振ってきた。

「あの、なんていったか……ああ、金子だ。奴《やつ》はまだ退院できねえんだろ？　となると、もしかしたら渡辺は残せっつー話になるかもな」

俺とあんたは戻れるとして、と高沢に笑いかける。

「どうだろうな……」

実際、自分に戻るべき場所はあるのだろうか。その思いからついそう呟いてしまった高沢だったが、早乙女が悲惨《ひさん》な表情を浮かべたのに気づき、慌ててフォローに走った。

「少なくともお前は戻れるように掛け合ってやるから、安心しろ」

「一人で戻っても仕方ねえじゃねえか。あんたも戻るんだよっ」

早乙女がそう怒鳴り返し、高沢を睨み付ける。

彼なりに気を遣っているのだろうと察した高沢は「そうだな」と頷いたものの、実際のところ自分の処遇についてはどうなるのか、判断をつけかねていた。

翌日の昼前に三室が無事に練習場へと戻ってきた。

「教官、大丈夫ですか」

顔色も悪いし未《いま》だに松葉杖《まつばづえ》を手放せない様子の三室を高沢は労《いたわ》りつつ、彼の私室へと連れて言った。

「お疲れでしょう。休んでください」

既に敷いておいた布団を勧め、空腹ではないかと気になり問いかける。

「まずは食事ですか？　それなら食堂にでもこちらにでもご用意を……」

「高沢、この半月あまり、お前も苦労したんだな」

三室が苦笑し、高沢の言葉を遮《さえぎ》る。

「……は？」

「今までになく饒舌だ。相当喋らされたんだろう？」

顔色は悪いながらも、揶揄を言う余裕はあるらしい、と高沢もまた三室に笑みを返した。

「はい。練習に来る組員相手に一生分の言葉を喋った気がします」

「かなり人気だったそうだな」

「え？」

入院中も情報が集まってくるとは驚きだ。誰に聞いたのだろうと高沢が目を見張ると三室は、すぐに答えを与えてくれた。

「渡辺だ。彼もまたお前のおかげで上達したと言っていたぞ」

「ああ、渡辺でしたか」

自分が何度か見舞いに行かせていたことを忘れていた、と高沢は胡乱な己を恥じ頭を掻《か》い

たあと、

「お前に指導が向いているとは、少々意外だった」

とまたも笑いかけてきた三室に、世辞ではないと前置きをした上でこう答えた。

「教官の真似《まね》をしただけです」

「世辞だろう、それは」

やはり、と笑い声を上げた三室が、すぐ、痛みを堪《こら》えた顔になる。

「大丈夫ですか」

大丈夫ではあるまい。そう思いながら高沢は三室に、休んではどうだと提案し、三室もそれに従った。

「悪いな」

仰向けに横たわるのに手を貸してやったことへの礼を言うと三室は、高沢が答えるより前にまた口を開いた。

「今日は休ませてもらうが、明日からは所長として復帰するつもりだ。お前も組長のもとに戻る準備をしておくといい」

「いや、無理でしょう」

思わずその言葉が高沢の口から放たれる。三室に対し、反発などしたことがなかったがゆえに高沢は自分の発言に驚き、

「失礼しました」

と頭を下げた。

「いや、気にするな」

三室が微笑みながら首を横に振り、高沢の謝罪を退ける。

「それより、何か変わったことはないか？」

問いかけてきた三室に対し、高沢は峰のことを打ち明けるか否か、迷った。どう見ても三室の体調は万全ではない。本人は明日にも復帰すると言ってはいるがさすがに無理だろう、と高沢は今は言わずに済ませることにした。

「特にはありません。教官はまず、体調を戻すことに専念してください」

「心配はいらない」

ふふ、と笑い三室が目を閉じる。やはりこれは当分、自分が所長代理と教官役を務めることになりそうだと高沢は思いながらそっと立ち上がり、三室の部屋を出た。

「ありゃ、駄目だな」

外で様子を窺っていた早乙女が、見るからにがっかりした口調でそう言い顔を顰《しか》める。

「お前は先に戻るといい」

だが高沢がそう言うと、

「一人で戻っても意味ねえんだよ」

と以前と同じ言葉を返し、

「まったくよう」

と不機嫌なまま、ドスドスと廊下を進んでいった。

高沢は彼のあとを追いはせず、峰が今居る自分の部屋へと向かうことにした。

「教官、どうだ？」

高沢の顔を見た途端、峰はそう尋ねてきたが、高沢が首を横に振ると、

「そうか」

と眉間に縦皺を刻み、深い溜め息を漏らした。

「退院はまだ早いと、俺も思ったんだよな」

「責任を感じているんだろう」

高沢もまた頷き返すと、峰のことはまだ教官には告げていないので、暫くこの部屋にいるようにと言葉を続けた。

「姐さんと同室か。ヨコシマな気持ちになったらどうするよ」

峰はそうふざけてみせたがすぐ「悪い」と高沢に頭を下げた。

「今更どうした」

素でわからず問いかけると、峰はぷっと噴き出し「本当にお前は」と眩しげに高沢を見やった。

「危機感がなさすぎるぞ。お前。俺が本気で襲いかかったらどうする気だ?」

「襲いかかりはしないだろう?」

無意味な仮定だ。眉を顰めた高沢を見て峰はまた噴き出すと、

「信頼してくれてありがとう」

と肩を叩いてきた。

「俺は信じている……が……」

峰の行方を組の上層部は本気で捜しはじめている。その情報を早乙女から得ていただけに高沢は、どのようにして峰の信頼を回復させればいいのかと悩んでいた。

一番の早道は、峰を陥れようとしている人間を特定することであるが、早乙女の集めた情報からは、それらしき人物すら浮かんでこない。

もとより峰は、組員にあまり好かれてはいなかった。『もと刑事』であることが一番の理由ではあるものの、好奇心旺盛な峰があらゆるところに顔を出すこともまた、疑われる要因の一つとなっている。

しかしそれを今指摘したところで意味はない。と高沢は言葉を呑《の》み込《こ》み、峰の肩を叩き返した。

「最善策を考えよう。当面はここにいるといい。幸いなことに目をつけられている気配はないし、三室教官が復帰すれば更に心強いからな」

「礼を言っても言い尽せないよ」

ありがとう、と深く頭を下げてくる峰の肩を再び叩きながら高沢は、果たしてこの『礼』に報いることができるだろうかという幾許《いくばく》かの不安が胸に芽生えることからは目を逸らせていた。


その日の午後、またも風間が射撃練習場に現れたのだが、そのとき彼が連れていたのは前日の若者とはまた違った若い組員だった。

「やあ、三室教官が復帰したと聞いてね」

笑顔で声をかけてきた風間に高沢は、

「申し訳ありません」

と頭を下げ、三室がまだ本調子ではないので休ませていると告げた。

「なんだ、残念。会いたかったんだが」

風間は言葉ほど残念そうではなく、それなら銃を撃ちたいと、すぐに練習場に向かっていった。

「若頭補佐、待ってください」

あとを、彼が連れてきた若い組員が追う。

「なんじゃありゃ」

早乙女がこそりと囁いてきたのは、その若い組員と風間が見るからに『そういう』関係であるせいだと高沢にもわかった。

「誰かわかるか？」

珍しく好奇心を覚え、高沢はその若い組員の名を早乙女に尋ねたのだが、

「新顔すぎてなんとも。すぐ調べるわ」

という答えを聞き、調べるまでもない、と慌てて返した。

「俺が気になるんだよ」

だが早乙女はそう言うと、すぐさま組の誰かに連絡を入れ、彼も気になっていたという『答え』を高沢に与えてくれた。

「銀座のクラブのボーイをやってた男だとよ。つい昨日、杯を下ろしたんだそうだ。例のほら、あの百合子とかいう愛人の店にいたボーイだっていうが、エッチ要員にしか見えねえよなあ」

本当に渡辺は食われなくてよかった、と、心底安堵している様子の早乙女に、高沢も心の底から同意していた。

その日も風間はその、もとボーイだという若者に銃を教え、露天風呂で淫《みだ》らな行為をした

あとに寄った食堂に高沢を呼びつけ、離れを貸してもらえないかと頼んできた。

「宿泊施設があるんだろう?」

泊まらない。休むだけだ、という風間の目的が何にあるのか、彼の腕の中でうっとりした顔になっている若い男の顔を見るまでもなくわかったものの、高沢は、

「申し訳ありません」

と深く頭を下げ、風間の依頼を退けた。

「駄目なんだ?」

風間が意外そうに目を見開く。怒りの表情を浮かべていないところに逆に不安を煽《あお》られながらも高沢は尚も深く頭を下げた。

「ご用意が整っておりませんもので……明日以降には整えておきますので」

離れに座敷は三部屋あったが宿泊できる部屋は二間であり、そのうちの一間は今、三室が寝ている彼の寝所だった。もう一部屋を高沢は普段使っているが、今その部屋には峰がいる。風間を離れに近づけることはできれば避けたい。その思いから、本日はどうか勘弁してほしいと拒絶し頭を下げた高沢に風間は、さすが詳しい、と彼を感心させる言葉を告げ、舌を巻かせたのだった。

「ああ、そうか。今日三室所長が戻ったから、予備の部屋がないってことだね。明日以降は準備できるって、もしかして君がもう、ここを離れるの?」

「いえ。組長からはなんの指示もありませんので」

答えながら高沢は、自身の胸がきりきりと痛むことに当然ながら気づいていた。だがその理由まではわからない。と、風間は高沢の答えを聞き、馬鹿馬鹿しいと言いたげに、ふっと笑ってみせたのだった。

「指示などなくとも、戻ればいいじゃないか」

「………」

それができれば。つい言い返しそうになったものの、高沢は無言のまま頭を下げた。そんな彼の肩に風間の手が載せられる。

「いいこと教えてあげる。松濤の家を今、玲二は改築してるんだ。地下にかなりの規模の射撃練習場を作るんだってさ。誰のためかはわかるよね」

「それは……」

思わず顔を上げた高沢は、あまりに近いところに風間が顔を寄せてきていたことに驚き、反射的に一歩下がろうとした。と、風間が身を乗り出して距離を詰め、高沢のこめかみに唇を押し当てる。

「……っ」

何をされたのだと高沢が目を見開いたときには、風間は高沢の肩から手を退《ど》け、すっと身体を離していた。

「おっといけない。玲二に殺されてしまう。今のキスは内緒ね」

パチ、とそれは華麗なウインクをし、風間が高沢に笑いかける。

「………」

一体どういうリアクションをすればいいのだと高沢は困り果てていたのだが、そんな彼を楽しそうに眺めていた風間の視線がすっと後方に逸れた。

「これはこれは」

彼が声をかける、その先に誰がいるのかと高沢は背後を振り返り、思わず彼もまた呼びかけていた。

「教官、大丈夫ですか」

入り口にはまだ白いほどに青い顔色をした三室が佇《たたず》んでおり、風間に向かい深く頭を下げて寄越した。

「はじめまして、三室です」

「具合が悪いんだろう？　寝ていてくれてよかったんだよ。また明日にでも顔を出そうかと思っていたんだし」

言いながら風間が三室に歩み寄る。高沢も彼を追うようにして三室へと向かい傍《かたわ》らに立って背を支えた。

「無理はなさいませんように……」

「無理はしていないさ」

三室は小さく答えたあと、改めて風間に対し頭を下げた。

「若頭補佐、ご挨拶が遅れ申し訳ありません」

「挨拶も何も、今日まで入院していたんだろうに。こちらこそ、見舞いにも行かず失礼した」

風間もまた軽く頭を下げ返すと顔を上げ、まじまじと三室を見つめはじめた。

「なんでしょう」

私の顔に何か、と三室が遠慮深く問いかける。と、風間はふふ、と意味深に笑い、なぜだかまた、ぱちりと高沢に向かいウインクをして寄越した。

「?」

なんなのだ、と眉を寄せた高沢から視線を逸らせ、風間が三室に話しかける。

「玲二にヤキモチを焼かせているという噂の三室所長のご尊顔を、こうして無事に拝せたなと思ってさ」

「…………」

三室が何かを言いかけ、口を閉ざす。

「?」

今の言葉の意味がわからず、高沢はまた密かに眉を顰めたのだが、風間は敏感にそれに気づいたらしかった。

「わからない？　玲二は君がこの三室教官にご執心なのを面白くなく思ってるのさ」

気がつくだろうに、と苦笑され、高沢はまたもリアクションに困って黙り込んだ。確かに、自分が射撃練習場に行くことに、櫻内はあまりいい顔をしなかった。そのことには気づいていたが、それが嫉妬が原因であるとは、まったく考えていなかった。

それはないと思う――返そうとした高沢の中で、もう一人の自身の声が響く。

嫉妬をしてもらえて、実は嬉しいんじゃないのか？

でもどうする？　もう櫻内は嫉妬などしていないかもしれないぞ？

「…………」

その可能性は充分ある。もし嫉妬心を抱いているのなら、三室が退院したと同時に自分を自宅へと呼び戻していたことだろう。

高沢の口から溜め息が漏れかける。気づいた彼が唇を噛《か》んだのとほぼ同時に、

「……ねえ……」

背後でぽつりと呟く声がし、高沢は溜め息を誤魔化す意図もあって声の主を振り返った。

「若頭補佐ぁ」

甘い、としかいいようのない声で風間に呼びかけたのは、彼が今日連れてきた若い組員だった。

「なんだ、退屈したか」

仕方のないやつ、と風間が苦笑し、

「おいで」

と手を差し伸べる。若い男はまるで飼い主に呼ばれた犬のような素早さで風間に駆け寄ると、高沢や三室という人目があるにもかかわらず、べったりと風間に身体を寄せ、顔を見上げた。

「………」

あからさまだな、と内心呆れたものの、表情には出さなかったというのに、今回もまた風間に敏感に気づかれてしまった。

「いい子だから車で待っておいで」

ほら、と男の背を押し、外へと追いやろうとする。

「……すぐ来てくださいね」

口を尖らせ、そう告げた男の顔は、高沢の目から見ても可愛らしいといえるものだった。が、なんともあざといとも感じ、気づかぬうちに眉根が寄ってしまっていたらしい。

「そんな顔、しないでよ」

風間に苦笑され、それに気づいた高沢は、

「申し訳ありません」

と素直に頭を下げたが、風間にまたも苦笑されたため、ここは誤魔化すべきところだったかと気づいて、心の中で溜め息を漏らした。

「……まあ、可愛いんだけどね」

肩を竦める風間に、何かフォローを、と思ったが、普段し慣れないために言葉が少しも浮かんでこない。結果黙り込むことになった高沢に対し、風間が言葉を続けた。

「今日の子にしても昨日の子にしても、顔はそこそこ好みなんだが射撃の腕はからきしだった。顔が綺麗でなおかつ腕も立つという子はなかなか見つからないんだよね」

肩を竦める風間に高沢は、決しておべんちゃらを言うつもりはなく、疑問を覚えたためについ、問いかけてしまった。

「若頭補佐ご本人が、腕が立つというのに、ですか?」

「あはは、玲二だって射撃の腕前は凄いじゃないか」

高沢の言葉を風間は笑い飛ばすと、なぜここで櫻内の名が出たのだと戸惑う彼に、その答えを与えてくれた。

「俺はさ、玲二が羨《うらや》ましいんだよ。床上手のボディガードを身近に置きたいんだ。そう、高沢君みたいな、ね」

「…………はあ…………」

要は愛人をボディガードにしたいということだろうか。櫻内の真似をして? その意図は果たしてどこにあるのか、と次々疑問が浮かび、胡乱ともいえる相槌《あいづち》を返した高沢の顔を覗き込むようにして風間が笑いかけてくる。

「いっそ、今のボディガードを愛人にするという手もあるね。君くらい腕が立つというと、ああ、そうだ。峰とか」

「峰……ですか」

唐突に出された峰の名に、高沢の鼓動は高なった。が、平静さを装い問い返すと果たして風間は、

「そう、峰」

と、頷き、続けて意味もなく彼の名を出したわけではないことを証明する言葉を告げたのだった。

「峰の噂、君のところにも届いているだろう？」

「……詳しいことは何も……」

肯定も否定もせず、流そうとしたが、風間はそれを許してくれなかった。

「詳しくないことは知っているんだ。どの程度？」

にっこり。笑いかけてくる風間の笑顔は実に美しかったが、彼の綺麗な瞳は少しも笑ってはいなかった。

どう答えるか。咄嗟に考えを巡らせ、高沢は口を開いた。

「峰が行方を捜されているというくらいです。一体彼は何をやらかしたんですか？」

早乙女が探ったところによると、組の上層部は峰の行方は捜させているものの、理由に関しては皆、一様に口を閉ざしているという話だった。

なら自分が知っていてはマズい、と高沢はとぼけてみせると同時に、風間の口から何か聞くことができるだろうかと期待し、問いかけてみることにしたのだった。

「まあ、それは彼を見つけてみないとなんとも」

だが風間はそう簡単に明かしてくれはしなかった。木で鼻をくくるような答えを返したかと思うと、またも、にっこり、と微笑みつつもその笑わない目で高沢を真っ直ぐに見つめてくる。

「峰が姿を見せたらすぐに、組事務所に連絡を入れるように。もと同僚だからといって庇い立てでもしようものなら、高沢君、君自身が玲二に反逆心を持っていると誤解されかねないよ」

「はい」

即答しつつも高沢の背筋には冷たい汗が流れていた。

「それじゃ、また明日来る。床上手なボディガード候補を連れて、ね」

風間がパチリとウインクし、高沢の肩を叩いたあとに視線を三室へと向ける。

「三室教官もどうぞお大事に。早く高沢君を玲二のもとに戻してやってくれ」

「かしこまりました」

三室は風間が踵を返して尚、深く頭を下げたままでいた。見送りは自分が、と高沢はそんな三室の耳許に低く囁くと、颯爽《さっそう》と部屋を出ていく風間のあとを追い、すぐに追い越して先にエントランスへと向かおうとした。

「峰とは警察時代、面識はあったの？」

と、高沢の背に風間が問いを発してきた。

「はい。道場でたまに顔を合わせる程度ですが」

高沢は振り返りつつ答え、やはり風間は峰がここにいるという確信を得た上で昨日も今日も訪れたのだろうか、と探るべく彼の顔を見る。

この先も峰の話題は続くのか。早めに話題を変えておいたほうがいいだろうかと迷っていた高沢だったが、続く風間の問いは峰に関することではあったものの、高沢の予想を超えた質問だった。

「ねえ、峰君って男もいけるのかな？」

「…………どうでしょう……」

存じません。それは本当のことだったので、問いに驚きはしたがすぐさま答えることができた。が、次の風間の言葉には高沢はしっかり反応してしまったのだった。

「今度会ったら聞いておいてよ。男も抱けるかって」

頼んだよ、とウインクし、ついその場で固まってしまっていた高沢の肩を叩くと風間は彼を追い越しエントランスへと向かっていった。

見抜かれている。確実に。確信しつつも高沢は慌ててあとを追い、風間が車に乗るのを見送ったのだった。

「それじゃまた明日」

「お疲れ様でした」

にっこりと風間が微笑み、自身にぴったりと身を寄せる男の髪を撫《な》でる。

果たして本当に明日も風間は来るつもりなのか。もしや峰を捕らえるために来ようとしているのか。だとしたらすぐさま、逃げ場を用意してやらねば、と思いながら高沢は急ぎ、まだ三室がいるであろう食堂へと向かった。

果たして三室は食堂にいた。立っているのが辛かったようで、椅子《いす》に腰掛け高沢を呼ぶ。

「高沢」

「教官」

実は、と高沢が打ち明けようとするより前に、三室が問いを発した。

「どういうことだ？　峰はここにいるのか？」

「……いえ……」

食堂には監視カメラが入っている。それで咄嗟に首を横に振ったものの、三室に対し嘘をついているという負い目が高沢の目を泳がせていた。

三室はそんな彼をじっと見つめたあと、抑えた溜め息を漏らし、椅子から立ち上がろうとした。

「大丈夫ですか」

高沢が慌てて手を貸し、三室の顔を覗き込む。

「離れに戻る」

話はそれからだ。三室の厳しい顔はそう物語っていた。

「はい」

頷き、三室に肩を貸してやりながらも高沢は、三室がかつて可愛がっていた生徒を――峰を、決して邪険には扱うまいという確信を抱いていたのだが、未来を見通す力のない彼には、すぐさまその『確信』が覆《くつがえ》されることになろうとは予測できるものではなかった。

8

三室はどうやら、高沢が打ち明けようとしている内容を既に、予測していたようだった。

彼を自室へと送ったあと、高沢は自分の寝所の奥の部屋に匿っていた峰を連れ、再び三室の私室へと向かった。

「……あの、教官」

襖の前に峰と二人して正座し、中に声をかける。

「入れ」

三室はそう答えたが、彼の声音は酷く厳しいものだった。

「…………」

ヤバそうだ、と峰が肩を竦める。そんな彼を高沢は「行くぞ」と励まし、襖を開いた。

「教官、お話が」

「……やはりここにいたか」

高沢が口を開くより前に、三室がそう告げ、厳しい眼差しを峰へと向けた。

「すぐさま出ていけ。高沢に迷惑をかけたいのでなければ」

「待って下さい、教官。峰は濡《ぬ》れ衣《ぎぬ》を着せられているそうです。今、追い出すと彼の命が危険に晒されることになります」

ですからどうか、と峰を庇いながらも高沢は、三室が峰を追い出そうとするとはと、予想外の展開に驚きを隠すことができずにいた。

まさか峰を疑っているわけではあるまい。その考えが顔に出たのか、三室は抑えた溜め息を漏らすと、違う、というように首を横に振ってみせた。

「当然、濡れ衣だろう。だからといって峰を匿えば高沢、お前自身が組への反逆心を疑われることになる」

「みすみす命を奪われるのがわかっているのに、追い出せというのですか」

できません、と主張する高沢は横から伸びてきた峰の手に腕を摑まれ、はっとして彼を見やった。

「自分の身は自分で守れということだろう。仮にも『ボディガード』を名乗っているのであれば」

「しかし、菱沼組を敵に回すとなると話は別だろう」

逃げ切れるものではない。高沢もまた峰の腕を摑み返しそう告げたのだが、それを聞き、峰は少し困った顔になり口を開いた。

「俺の心配より自分の心配したほうがいいんじゃないか？」

「そのとおり」

高沢が答えるより前に、三室が頷く。

「教官」

三室の峰に対する態度は冷たすぎるのではないか。らしくない、と高沢は眉を顰め、それを三室に指摘しようと呼びかけた。

「いいんだよ」

またも横から峰が高沢の腕を摑み、彼の言葉を制する。

「教官は色々ご存じなんだ。たとえばなぜ俺が窮地に立たされたのか、とかをさ」

「……え？」

意味がわからない。首を傾げた高沢に峰は、なぜだか、パチ、とウインクをして寄越すと、視線を三室へと移し深く頭を下げた。

「すぐに仕度をしてここを出ます。迷惑をかけることになり申し訳ない」

そうして顔を上げると峰は、真っ直ぐに三室を見据え言葉を続けた。

「余計なお世話ですがね。教官も早いとこ、ゲロったほうがいいですよ」

「おい」

どういう意味だ、と高沢は峰に問いかけたが、そのときには既に彼は立ち上がっていた。

「失礼します」

峰は三室に再び頭を下げると、高沢には「じゃあな」とウインクし、部屋を出ていった。

「待てよ」

高沢は慌ててあとを追おうとしたが、三室に「待て」と止められた。

「教官、あいつ、何を言ったんです?」

見返した先、三室の顔色がますます青くなっていることに気づき、驚愕のあまり高沢はつい、三室に詰め寄ってしまった。

「……俺のことはいい」

三室はそんな、高沢にとってはまったく納得できない答えを返すと、改めて高沢を見上げ口を開いた。

「要は自分を大事にしろということだ。俺にも峰にもかまうな。いいな?」

三室はいかにも苦しそうに喋っていた。それで高沢はつい彼に「大丈夫ですか」と問いかけ、肩に手をやろうとしたのだが、三室は目を逸らせることできっぱりとそんな高沢の思いを退けると、

「もう休む」

部屋を出ていけ、といわんばかりに言い捨てた。

「……わかりました……」

何を考えようとしても疑問符しかでてこない。が、今はまず、峰のことが気になると高沢

は三室に頭を下げると急いで部屋を出、峰がいるであろう場所へと向かったのだった。

峰は高沢の予想どおり、高沢が寝泊まりしている部屋におり、ちょうど銃の整備を終えたところだった。

「悪《わり》い。少しタマ、分けてもらえるか？」

「勿論」

高沢は頷くと、待っていてくれと告げ、武器庫に銃弾を取りにいった。

「ありがとな」

にこ、と笑い礼を言った峰は、そのまま部屋を出ていこうとした。

「行く当てはあるのか？」

問いかけた高沢を振り返り、峰が苦笑してみせる。

「教官が言ったろ？　お前は人の心配をしている場合じゃないってよ」

「……とはいえ、心配しないではいられないだろう」

もと同僚が命の危険に晒されようとしているのだから。その意味を込めて告げた高沢を峰は唖然《あぜん》としたような表情で見つめたあと、なぜだかぷっと噴き出した。

「なんだ？」

笑われるようなことを言った覚えはないのだが。少々むっとしつつも高沢が問いかけると峰は、

「なんでもない」

と笑いながら、高沢にとって意味のわからない言葉を口にした。

「姐さんは天然タラシだな。組長がやきもきするわけだぜ」

「こんなときに、ふざけている場合か」

半ば呆れつつ高沢が睨むと峰はまた、「悪い」と言いつつもくすくすと笑い続けた。

「おい」

何が可笑《おか》しい。眉を顰めた高沢は、不意に伸びてきた峰の手に上腕を摑まれ、はっとして彼を見やった。

「なんだ」

「なあ、高沢」

峰がじっと高沢の目を覗き込んでくる。

「？」

思い詰めた、というよりは、どこか吹っ切れたような表情を峰はその男臭い端整な顔に浮かべていた。

何を言う気だ、と高沢も真っ直ぐに峰を見返す。と、峰は一瞬の逡巡《しゅんじゅん》をみせたあとに少し掠《かす》れた声でこう告げたのだった。

「俺と一緒に来ないか？」

「……え？」

峰の言葉があまりに意外すぎて、高沢は最初、自分が何を言われたのかまったく理解できなかった。

問い返してからようやく、一緒に逃げようと誘われたと察し、察した上で啞然とする。

「……なぜそんなことを……？」

共に逃げてほしい理由はなんなのか。一人で逃げ切れる自信がないので一緒に来てほしいというのであれば『頼む』といった表現となるだろう。

『頼む』というよりは『誘う』というようにしか聞こえなかった、と問い返した高沢を見つめたまま、相変わらず掠れた声で峰が言葉を続けた。

「まもなくとんでもないことが起こる。それは間違いない。お前は確実に巻き込まれるだろう。だから、なあ、いっそのこと、今逃げ出しちまわないか？」

「……意味がわからないんだが……」

高沢は正直、戸惑っていた。峰が本気であることは顔を見ればわかる。が、彼の言うことはまるで理解できなかった。

「お前は何かを知っている……ということか？」

「…………」

危機的状況が間もなく訪れるということを知っているはずの峰は、高沢からの問いかけに、暫し口を閉ざした。

「言えないのか？」

そういうことだろう。そう理解し問いかけた高沢から、はじめて峰が目を逸らせる。

「今は」

「そうか」

高沢が頷くと峰が拍子抜けした顔になり、再び視線を合わせてきた。

「え？」

「普通は聞いたり責めたりしないか？　なぜ言えないんだ、とか、嘘をつくな、とか」

そういうもんだろう、と呆れた声を上げる峰に、それこそわからない、と高沢は疑問の声を上げた。

「今は話せないんだろう？」

責めたら話すというのであればいくらでも責める。だが峰は先ほど『今は話せない』と言った。なら聞いても無駄だろうと判断したのだが、と眉を顰める高沢に、

「……お前ってやつは……」

峰がそういい、優しげな眼差しを向けてくる。

優しい、というよりは労りに満ちたとでもいおうか。彼からそんな目で見られたことはない。戸惑いから高沢が、

「おい？」

と呼びかけたそのとき、廊下をバタバタと走ってくる足音が聞こえたものだから、高沢は焦って峰を奥の部屋へと追いやると、自ら襖を開け誰が来たのか確かめようとした。

「どうした」

顔色を変え、駆けてきたのは渡辺だった。

「あの……っ！　今、急に組長がいらっしゃって……っ」

「……っ」

焦った様子で告げる渡辺の前で高沢は驚愕のあまり、一瞬声を失った。が、すぐに我に返ると、

「わかった。すぐ行く」

と告げ、再び部屋へと戻ろうとした。

「高沢さん？」

すぐに行くのではないのか、と訝《いぶか》しそうに呼びかけてきた渡辺を振り返り高沢は再び、

「すぐに行くから」

と告げると、彼が声を発するより前に部屋に戻り背中で襖を閉めた。

「………」

目の前には、強張《こわば》った笑みを浮かべた峰がいる。高沢と峰、二人して何も言えずにいたの

は数秒だった。

「……考えておいてくれ」

峰がそう言ったかと思うと、中庭に通じる奥座敷の窓へと向かっていく。普段はその窓が開くと警報が鳴るが、櫻内が訪れたためだろう、警報装置は切られていたらしくやかましいベルの音が鳴らない中、峰は窓から真っ暗な中庭へと駆け出していった。

無事を祈る、と既に見えなくなった背中に向かい高沢は心の中で呟くと、おそらく襖の前で自分を待っているであろう渡辺を不安がらせるより前に、と再び襖を開き、予想どおり待っていた彼に、

「行くぞ」

と声をかけ、エントランスに向かったのだった。

高沢が到着したときにはもう、櫻内は玄関先で靴を脱いでいた。

「あの……急なお越しで……」

一体どうして来たのか、確かめたいが答えを聞くのが怖くもあり、話しかけた高沢の声音は最後不明瞭《ふめいりょう》になっていた。

「三室が退院したんだろう?」

そんな彼を一瞥《いちべつ》し、櫻内はそう言うと、案内も請《こ》わずそのまま三室の私室へと向かおうとした。

「渡辺」

自分が先回りをするのは難しい。それなら、と高沢は渡辺に声をかけ、櫻内の隣を歩きながら彼に話しかけはじめた。

「三室教官は随分とお疲れのようです。渡辺に様子を見にいかせましたので、今しばらくお待ちを……」

「寝ているのなら寝ているでかまわない。話をしたいだけだ」

だが櫻内の足は止まらなかった。高沢に淡々と返したあと、尚も歩調を速め渡り廊下を進んでいく。

「あの、お話とはなんでしょう」

嫌な予感しかしない。それで問いかけた高沢を櫻内はちらと見やると、苦笑するように微笑んだ。

「お前が興味を持つとは珍しいな。敬愛する三室所長に関することだからか？」

顔は笑っている。が、櫻内の目は少しも笑っていないことに高沢は当然気づいていた。なぜだか三室が絡むと櫻内の機嫌は悪くなる。それは嫉妬だ、と皆から言われるが、高沢自身、なぜ櫻内が嫉妬するのかまったく理解できないのだった。

三室に対して性的興味を抱いたことは一度もない。三室に限らず、抱きたいだの抱かれたいだの妄想《もうそう》した相手は一人としていないのに、なぜ櫻内は嫉妬をするのか。

まるで思い当たらぬゆえ、指摘した人間の勘違いなのではないかという結論に常に達する。今回もまた、なぜに、と思いながらも高沢は、それが櫻内の機嫌を更に下降させるとはまるで気づかず、三室を擁護する言葉を続けていた。

「どうやらまだ、退院できるような状態ではなかったようです。責任感から、一日も早い現場復帰をと考えたと思われますが、実際、復帰には数日かかるかと」

「その判断は俺が下す」

お前は口を出すな、ということを暗に言われ、高沢は自分の前でぴしゃりとシャッターを閉ざされた錯覚に陥り、思わず言葉を失った。

そうしている間に櫻内と高沢は離れにある三室の自室へと到着した。

「失礼します」

高沢が声をかける横から、櫻内がすぐさま襖を開く。

「これは組長、ようこそいらっしゃいました」

先に走らせた渡辺に手を借りたのだろう、三室が布団の上に正座し、深く頭を下げる。

「このような姿で申し訳ありません」

「三室」

高沢はここで櫻内が当然『具合はどうだ』といった労りの言葉を口にするものと考えていた。が、櫻内にその気配はない。

呼びかける口調はどこまでも冷たく、その声を聞いた瞬間、高沢の胸に嫌な予感が芽生えた。

「はい」

三室の表情も硬い。高沢の場合は『予感』だが、三室の表情は何かを覚悟しているようにも見え、これから何が起こるのかと高沢は緊張を募らせていた。

櫻内は暫し三室を見据えたあと、おもむろに口を開いた。

「ここの責任者として、俺に隠していることがあるな？」

「……っ」

まさか。高沢の鼓動が嫌な感じで高鳴った。櫻内の指摘はもしや、峰を庇っていたことではないかと察したためである。

昨日までであれば三室は不在であったから、すべて高沢の責任となるはずだった。マズいことに三室には峰を会わせてしまっている。

三室の性格上、自分の関知せぬことだった等の言い訳はすまい。それでは申し訳ない、と高沢は責任の所在は自分にあると伝えるべく口を開いた。

「組長、お話が」

「お前は黙っていろ」

だが櫻内は聞く耳を持たない。

「しかし、三室教官は本日戻ってきたばかりで、責任者とはいえ知らないことが……」

尚も続けようとした高沢を櫻内がじろりと睨む。

「……っ」

櫻内の不機嫌な顔は、高沢は既に見慣れているはずだった。が、己を睨みつける眼光の鋭さには思わず息を呑み言葉を失ってしまった。

相当な怒りを感じる。が、三室に負う必要のない責任を負わせるわけにはいかない。それで高沢は一度は黙り込んだものの、すぐに、

「聞いてください、組長」

と言葉を発したのだが、またもその先を制された。

「黙れ」

高沢を制したのは櫻内ではなく、三室だった。その三室を櫻内が睨む。

「……失礼致しました。お黙り下さい」

三室がまたも深く頭を櫻内と、そして高沢に下げる。

「教官」

「失礼な物言い、お許しください」

呼びかけた高沢に三室は更に頭を深く下げて寄越した。

自分の――組長の愛人である高沢に対し、敬意を表せと以前櫻内は直接三室に注意を与え

たことがあった。それを受けてのものだとすぐさま察することはできたが、それでも高沢は三室に頭を下げられることには耐えられず、

「頭を上げてください、教官」

と自身もまた頭を下げつつ三室に話しかけた。

「承知しました」

三室はどこまでも高沢を敬う態度を改めないまますっと頭を上げると、その様子を苦虫を嚙み潰したような顔で見ていた櫻内へと視線を向けた。高沢もまた櫻内を見る。

「隠していたことがあるな？」

「はい」

櫻内の問いに対し、三室ははっきりと頷いた。

「だからそれは……っ」

高沢は堪らず口を挟んだが、まるで自分を無視し、語られはじめた櫻内の言葉を聞き、驚きのあまり声を失ってしまったのだった。

「練習場襲撃は金子が手引きしたものだった……そうだな？」

「……っ」

まさか。内容が衝撃的すぎて理解が追いつかない。頭の中が真っ白になるというのはこういうことか、と、そんな、どうでもいいような思考が先走ってしまっていた高沢の耳は、信

じがたい言葉を捉えた。

「はい、そのとおりです」

「教官……っ」

きっぱりと頷く三室の顔は真剣で、冗談を言っているようにはとても見えなかった。この場で冗談など言えるはずがないというのに、信じがたい気持ちが強すぎたために、そのような馬鹿げた考えに至っていた高沢は暫し呆然《ぼうぜん》としていたが、ようやく言葉を発する余裕を取り戻すと、

「嘘ですよね？」

第一声でそう告げ、三室の顔を覗き込んだ。

嘘などつくはずがない。当たり前すぎるほど当たり前であるというのに、確かめずにはいられらず問いかけた高沢に対しても、三室はきっぱりと頷いてみせた。

「嘘ではありません。金子の手引きなくしては侵入は不可能でした」

「教官……」

金子の名を告げたその一瞬だけ三室は酷く辛《つら》そうな顔となった。がすぐさま無表情といってもいい状態に戻ると、改めて櫻内に深く頭を下げた。

「申し訳ありません。私の監督不行届が原因です」

三室の上で櫻内の視線が止まる。と、次の瞬間櫻内の手が動いた。スーツの襟《えり》のあわせか

ら入ったその手には拳銃が握られており、高沢がそれに気づいたときには既に銃口が三室へと向けられていた。

「おいっ」

撃つ気か。高沢は堪らず櫻内の腕に縋った。

「邪魔だ」

だが櫻内に邪険にはらわれ、弾みで床に倒れ込む。それなら、と高沢は三室を庇おうと動きかけたが、今度は三室がそれを制した。

「よせ、高沢」

途端に櫻内の眉間に皺が寄り、彼の指が安全装置にかかる。

「撃つなっ」

頼む、と高沢は櫻内の身体に縋り付いた。

「撃たないでくれ……っ」

「俺は裏切りを許さない」

淡々とした声で櫻内が告げ、己に抱きつく高沢を見下ろす。

「教官が手引きをしたわけじゃないんだろう？　金子のことを黙っていたというだけなんだろう？」

事情はさっぱりわからない。だがもしも三室が襲撃そのものに荷担していたとすれば、櫻内はまずそれを指摘するはずだと咄嗟に判断し、高沢は尚も櫻内に縋った。

「おやめください、高沢さん」

三室が櫻内を見上げたまま、高沢に声をかけてくる。敬語を使う彼に対する違和感はいつも覚えるものなのだが、それを感じる余裕すら、今の高沢は失っていた。

「撃たないでくれっ」

叫んだ高沢を見下ろし、櫻内は舌打ちすると、乱暴に彼の身体を押しやった。再び床に倒れ込んだ高沢が櫻内にまた縋ろうとする。が、そのときには既に櫻内は銃をしまっていた。

「すぐさま出ていけ」

淡々とした声で櫻内が三室に命じる。

「はい」

三室は深く一礼をすると、即座に立ち上がろうとし、少しよろめいた。

「教官」

駆け寄ろうとする高沢の腕を櫻内が摑む。

「行くぞ」

そう言い、櫻内は高沢を引《ひ》き摺《ず》るようにして部屋を出た。

「ちょっと待ってくれ。事情がさっぱりわからない」

そのままエントランスへと進もうとする櫻内の足を止めようと、高沢は体勢を整えると歩

行を妨げるべく足を踏ん張った。

「聞いたままだ」

だが櫻内の歩調は緩まず、そのまま玄関へと向かわされる。

「く、組長」

玄関では早乙女と渡辺が二人して櫻内を迎えた。何が起こったのか当然知らない二人はおろおろしつつも、櫻内が靴を履こうとしていることに気づくと、早乙女が慌てた様子で靴べらを摑み駆け寄ってきた。

が、とき既に遅く、靴を掃き終えた櫻内は高沢を引き摺り外に出ようとする。靴を履く余裕もなく、裸足《はだし》のまま連れていかれそうになり、高沢は堪らず、

「待ってくれ」

と声をかけたが櫻内の足は止まらなかった。

早乙女が慌てて開いた引き戸から、外に出ようとする。

「あ、あの……っ」

と、そのとき背後で、渡辺の思い詰めた声が響いた。あまりに切羽詰まっていたためか、櫻内の足は一瞬だけ止まったが、すぐさままた歩き出すと、エントランスに停まっていた車へと向かった。運転手の神部《かんべ》が慌てた様子で後部シートを開く。櫻内は高沢を車中へと押しやると、ここでようやく背後を振り返った。

「早乙女、あとを頼む」

「……か、かしこまりました……っ」

自分は連れ帰ってもらえないと察したらしい早乙女が、酷くがっかりした顔になりながらも、しゃちほこばって返事をする。

「高沢さん……っ」

彼の後ろから渡辺が高沢に呼びかけたが、答えようとした高沢の言葉に被せ、櫻内が喋りはじめていた。

「高沢は戻す。後任は明日、送り込むからフォローを頼んだぞ。早乙女、渡辺」

「は、はいっ」

返事をしたのは早乙女のみで、渡辺は尚も高沢の声を聞こうと彼の名を呼ぶ。

「高沢さんっ」

「わかったか、渡辺」

だが櫻内に名を呼ばれると見る見るうちに顔色を失い、がたがた震えはじめた。

「わ、わかりやした」

何も喋れなくなった彼のかわりに、早乙女が返事をし、ほら、というように渡辺の後頭部を押し、頭を下げさせる。

櫻内はそんな二人に軽く頷くと、彼もまた車に乗り込んだ。神部がドアを閉め、急いで運転席に回るとエンジンをかけ車を発進させる。

「…………」

何が起こっているのか、高沢は未だ把握しきれずにいた。

三室の命は奪われずにすんだ。が、まだ満足に歩けないような状態であるのに彼は射撃練習場を追い出されるという。

理由は金子を庇ったから——それにしても金子が手引きをしたというのは本当だろうかと高沢はそのことからして信じられずにいた。

金子は三室の男の愛人と噂される若い組員である。が、三室は彼を息子と言っていた。一方金子は三室とは血の繋がりがないと言いながらも、酷く慕っている様子だった。

どちらかというと『愛人』としての感情に思えたが確かめたわけではないのでわからない。そんなことより、なぜその金子が襲撃に荷担したかだ、と高沢は櫻内を見た。視線に気づいたのか櫻内もまた高沢を見る。

今、櫻内はなんの表情も浮かべていなかった。怒りもなければ笑いもない。まるで物体を見るように自身を見ていることに気づいた高沢の頭に、珍しいことに血が上った。

「どうして……っ」

どうしてそんな目で自分を見るのか。問いたいことはそれだったというのに、櫻内はまるで違うように解釈したらしく、不快そうに眉を顰め口を開いた。

「どうして三室を追い出すのか……か？」

「………」

櫻内の顔に少しでも表情が生まれたことに、高沢の胸に安堵としかいいようのない思いが広がる。が、それも一瞬だった。

「何度も言わせるな。三室は俺を裏切った。金子を庇ってな。要は俺より金子にプライオリティを置いた。そんな男を今後信用できると思うか？」

「しかし、金子は教官の息子だというし、本人はまだ意識が戻らないというし、何より教官も今日、復帰したばかりであるし……」

もしかしたら復帰後、打ち明けるつもりだったのかもしれない、と三室に対するフォローをしながら高沢は、自分がフォローしている対象は三室ではないなと気づいていた。

自分もまた、峰を庇い匿った。ようは自己弁護である。もしも櫻内に峰のことが知れた場合、自分もまた組を追い出されることになるのか。

きっとそうに違いない——思い詰める高沢から、櫻内がすっと目を逸らせる。

「一度でも裏切れば、もう信用はしないということか……？」

またも無表情に戻ってしまった櫻内に対し、高沢はつい、そう問いかけてしまっていた。

ある意味答えを予測しながら。

「そうだ。信頼できない人間は必要ない。それだけだ」

櫻内が予想どおりの答えを返し、高沢をじっと見つめてくる。

「それなら……」

問いかけようとし、高沢はさすがに躊躇った。またも答えを予測できたからだが、櫻内が自分から再び目を逸らせようとする姿を見ては、問わずにはいられなくなった。

「俺もう、必要ないということか?」

「………」

櫻内がそれを聞き、ちらと高沢へと視線を戻す。

やはりその顔には表情がない。絶望的な思いにとらわれた高沢の耳に、再びすっと顔を背け、呟いた櫻内の声が響いた。

「峰を匿っていたからか?」

「………」

やはり気づいていた——となると次に告げられる言葉もまた、高沢には予想がついた。

『車を降りろ』

二度と顔を見せるな。そう言われるに決まっている。

だからこそ、自分だけを射撃練習場から連れ出したのだろう。覚悟を固める高沢の脳裏に峰の顔が浮かぶ。

彼は『はめられた』と言っていた。が、それを説明したところで櫻内が信用するかどうかはわからない。

そもそも問題はそこにはない。組から追われている峰を匿った、というところが問題なのだ、と漏れそうになる溜め息を堪え、唇を噛み締めながら高沢は、自分とは反対側の車窓を眺める櫻内を見やった。

外は漆黒《しっこく》の闇であり、景色など見えないはずである。なのに頑《かたく》なに窓の外を見続けている櫻内の意図はどこにあるのか。次に彼が口を開く瞬間こそが彼との決別のときなのではないか。緊張を募らせる高沢の目が捕らえる光景は、車の窓ガラスに映る櫻内の、無表情としかいいようのない顔、それのみだった。

神戸にて

「ほんま、床上手なボディガードに会いたかったわ」

櫻内《さくらうち》と顔を合わせた直後から、今や関西一——否、日本一を誇る巨大組織の長となっている八木沼賢治《やぎぬまけんじ》が、今日、何度も繰り返した言葉をまた残念そうに告げてきた。

「まさか、思うけど、ワシに手ぇ出されんように、いう配慮やないやろな」

そこまでえげつないことはようせんで、と口を尖《とが》らせた八木沼を前に櫻内は、

「わかっていますよ、兄貴」

と笑ってみせた。

八木沼は極道としての自分を買ってくれていると櫻内は理解していた。と同時に自分の『顔』が好きだということも自覚していた彼の極上の笑みに、八木沼は惚《ほう》けた顔になったあと、すぐさま、こほん、と咳払《せきばら》いをし、軽く櫻内を睨《にら》んで寄越した。

「ワシがお前に惚《ほ》れ込んでいること承知で、ようそないな顔ができるなあ」

「はは、なんのことでしょう」

ここは互いに流すが吉、と櫻内は笑ったあと、そういえば、と八木沼に対し身を乗り出し問いかけた。

「どうです？　風間《かざま》は」

「気に入ったか、いうんか？」

八木沼がにやり、と笑う。

「ほんまにべっぴんさんやなあ。前の組長のお稚児さんや、いう噂《うわさ》はあながち嘘《うそ》やないんやろうな」

「さあ、どうだか」

微笑《ほほえ》む櫻内に向かい、八木沼がずい、と身を乗り出し顔を覗《のぞ》き込む。

「あんたと二人並ぶとほんま、目の保養になるわ」

「でしたらなぜ、同席を許さなかったんです？」

八木沼は馴染《なじ》みのクラブに、櫻内のみを連れてきた。風間を紹介した際には、

『えらいきれいどころを連れてきたな』

と上機嫌だった上、百万を軽く超える一点物の和服を与えた八木沼であるから、てっきり風間の同行も許すのかと思っていたところ、

「トップ同士でしか話せんこともあるんや」

悪いな、とやんわりと、だがきっぱりと断った、その意図はどこにあるのかと櫻内はそれを確認しようと八木沼本人に問いかけた。

「そんなん、当たり前やないか」

あはは、と八木沼が笑いながら、櫻内の肩を抱き寄せる。

「あんたを口説きたかったからや」

「やはりそうでしたか」

櫻内もまた、あはは、と笑い、八木沼の胸に身を預けるふりをすると、すぐさま身体《からだ》を離した。

「兄貴も人が悪い」

「お互いさまやろ」

にやり、と笑う櫻内に八木沼もまた、にやり、と笑い返す。

「なんやの。意味深すぎる会話やねえ」

と、ここで八木沼の愛人の一人でもある店のママが話に入ってきた。面食いと公言する八木沼が気に入った女らしく、非の打ち所のない美貌《びぼう》の持ち主である。

しかも、微妙な空気の流れを読み、話に入ってくるとはさすがだ、と櫻内は感心しつつ美貌のママが差し出してきたグラスを受け取った。

「兄貴は相変わらず、趣味がいいですね」

賞賛の言葉を告げると八木沼は、

「やろ？」

と惚気《のろけ》てみせると、照れた様子の愛人に向かい口を開く。

「櫻内はな、ワシみたいに多情やないんや。愛人も一人きりと決めとるんやで」

「羨《うら》ましい話やなあ」

ママが満更冗談ではなさそうな口調でそう言い、うっとりと櫻内を見つめる。

「なんや。墓穴掘ってもうたわ」

あはは、とまたも豪快な笑い声を上げた八木沼は、

「ええから退《の》いとき」

とママや店の女の子たちを追いやろうとした。

「ほな、またあとで」

察したママが女性たちを連れ、席を離れる。

「兄貴こそ、羨ましいですな」

察しのいい愛人で、と櫻内が笑いかけると八木沼は、

「まあな」

と満更でもない顔をし頷《うなず》いてみせてから、表情を変え口を開いた。

「ときに東京も随分、キナ臭くなっとるようやな」

「兄貴の耳にも届いていますか」

お恥ずかしい限りで、と櫻内が八木沼に頭を下げる。

「なに。そう心配しとるわけやないよ。何せ今はトップがあんたやしな」

安泰やろう、と八木沼が笑い、櫻内の背を叩《たた》く。

「恐れ入ります」

「ときに、奥多摩《おくたま》の練習場が襲撃に遭ったんやて？　三室《みむろ》所長は無事かいな」

ウチの練習所長の馴染みらしい、と問いかけてきた八木沼に櫻内は、

「はい」

と頷いたあとに「ここだけの話ですが」と言葉を続けた。

「三室ですが、もしや兄貴のところの昔馴染みに、救いを求めて行くかもしれません。そのときはどうぞよしなに」

断るでもよし、受け入れるでもよし、と言葉を続けた櫻内を、八木沼は興味深そうに眺め、口を開いた。

「クビにする、いうんか?」

「せざるを得ない。といったところです」

頷く櫻内に八木沼が問いを重ねる。

「信頼はできるんやろな?」

「少なくとも指導力はあります。また、人望も厚いです」

「そやし、クビにするんやろ?」

八木沼が櫻内の言葉を遮《さえぎ》る。

「どっちや?　ワシに拾ってほしいんか?　それとも見捨ててほしいんか?」

「……どっちでしょう」

答えを濁した櫻内を前に、八木沼は驚いた顔になった。

「珍しいこともあるもんやなあ。あんたが決めかねているとは」

そう言ったあと、八木沼は更に櫻内に顔を寄せ、唇と唇が触れ合うような距離から囁《ささや》いてくる。

「三室は確か、あんたの愛人のもと同僚やったかな」

「兄貴、温情を」

苦笑する櫻内を八木沼は暫《しば》し、惚けたように見つめていた。が、やがて我に返ると、

「びっくりしたわ」

と笑い、櫻内の肩を抱いた。

「見惚《みと》れてもうたわ。恋する男の顔に」

「ご冗談を」

またも苦笑した櫻内の頬《ほお》に己《おのれ》の頬を寄せ、八木沼が囁く。

「今なら唇、奪えそうやな」

「どうですかね」

櫻内が八木沼を真《ま》っ直《す》ぐに見返し、微笑む。

「隙《すき》がなくなってもうた」

残念、と八木沼が大仰《おおぎょう》に肩を竦《すく》め、櫻内から離れた。

「……ま、安心してええわ。ワシにとってはあの、床上手のスナイパーも可愛《かわ》ええけど、そ

れ以上に可愛く思うとるんはあんたやさかい」

「心強いお言葉、ありがとうございます」

それを聞いた櫻内は苦笑めいた笑みを浮かべ、八木沼に頭を下げた。

「てっきり兄貴は風間を気に入るかと思っていましたよ」

「別に気に入らんかったとは言うてへんで」

心外だ、というように八木沼が笑い、再度櫻内に顔を寄せてくる。

「ただワシの好みは、あんたと、あんたんとこの床上手のボディガードや、いう話や」

「面食いではなかったのですか」

「あんた以上のべっぴんが、この世に存在するんかね」

存在するなら会《お》うてみたいわ、と八木沼は笑ったあと、大きな声で愛人を呼んだ。

「酒がないで、杏子《ようこ》」

「かんにん。すぐ準備するさかい」

にっこりと微笑むママに「頼むで」と声をかけると、八木沼がまたも櫻内の耳許《みみもと》に唇を寄せ、囁いてくる。

「あんたに目元が似てるんが気に入って愛人にしたんや。ま、あんたの美貌とは比べものにならんけどな」

「こういう場合、俺はなんと返せばいいんでしょうね」

苦笑する櫻内に八木沼がパチリとウインクする。

「せやな。ツンと澄ましといてくれるとありがたいわ。高嶺《たかね》の花、いうポジションがあんたには似合いやさかい」

「そうですか」

涼しい顔で相槌《あいづち》を打った櫻内の顔を見、八木沼が噴《ふ》き出《だ》す。

「ほんま、あんたのためならワシはなんでもしたい、いう気になるわ」

あはは、と高く笑ったあとに八木沼は、笑い過ぎて涙の滲《にじ》む目を細め、改めて櫻内に笑いかけてきた。

「頼りにしてくれてええで。何があろうがワシらは兄弟杯をかわした仲や。中国マフィアやろうがどこやろうが、手、貸すさかい。なんでも言うてきてや」

「……兄貴、ありがとうございます」

櫻内が深く頭を下げる。

「ええて」

八木沼は彼の肩を叩いて豪快に笑うと、戻ってきたホステスたちを、

「遅いやないか」

と出迎えた。

やがて『饗宴《きょうえん》』というに相応《ふさわ》しい宴席の雰囲気となっていく。杯を重ねていた櫻内は、

あるときふと思いついたように八木沼が告げた言葉に、思わず微笑みを浮かべてしまっていた。

「次はあの、床上手のボディガードを連れてきてな。久々にからかいたいわ。どうせ今もあんたにべた惚れやろうからな」

「だといいですけどね」

苦笑する櫻内の背を、八木沼がどやしつける。

「惚気か？　洒落《しやれ》にならんさかい、やめといたほうがええで」

「……だといいんですがね」

微笑み、先ほどと同じ言葉を繰り返した櫻内を前に八木沼は、

「愁《うれ》いに満ちた顔もまた、綺麗《きれい》やなあ」

と笑い再度背をどやしつけてきたのだが、その掌《てのひら》に労《いたわ》りとしかいいようのない感情をくみ取った櫻内は、すべてお見通しかと、兄弟杯をかわした誰より頼りになる兄貴分に対し、言葉ではなく彼が好きだというその顔を向け、感謝の意を伝えたのだった。

たくらみの嘘
～コミックバージョン～

原案：愁堂れな
作画：角田 緑

フー
ぬりぬり
あ
そ
ぱく
ん
……
?
……
まぁ こーゆー奴だよな…
うまい
あっ
ぱく ぱく
きゅん
そんな渡辺の作るオムライスの噂を聞きつけ
オムライス!!
ああ
まじ美味い
コク コク
組長降臨

お待たせしました
ああ
すっげ
おおおお——
がんばりました…
はぁ
ほう
スッ
パちゃ
!!!
……似た者同士ってぇことだな……
な、美味いだろ
ああ
確かに
END

あとがき

はじめまして&こんにちは。愁堂れなです。

この度は五十四冊目のルチル文庫となりました『たくらみの嘘』をお手に取ってくださり、本当にどうもありがとうございました。

たくらみシリーズ第二部二作目、トータルではシリーズ六作目になります。美貌の若頭補佐、櫻内のもとを離れ、奥多摩の射撃練習場に居住することとなった高沢。風間と櫻内の間にしっかりと結ばれた信頼関係に嫉妬心を抱く彼の周囲がにわかにキナ臭くなり——という展開となりました本作、いかがでしたでしょうか。

とても楽しみながら書かせていただきましたので、皆様にも少しでも楽しんでいただけるといいなとお祈りしています。

角田緑先生、今回も本当に‼　本当に萌え萌えのイラストをありがとうございました！　カラーの美しさに担当様と二人で「素敵ですよねーっ！」と興奮しまくってました。おまけ漫画も私のあのしょーもない（汗）ネタをあんなに面白く描いてくださりありがとうございます！

今回もたくさんの幸せをいただきました。次作でも頑張りますので、どうぞ宜しくお願い申し上げます。

また、本作でも大変お世話になりました担当様をはじめ、本書発行に携わってくださいましたすべての皆様に、この場をお借り致しまして心より御礼申し上げます。

最後に何より、この本をお手に取ってくださいました皆様に御礼申し上げます。

高沢にとってちょっと可哀想な感じとなってしまっていますが、お楽しみいただけましたでしょうか（鬼）。お読みになられたご感想をお聞かせいただけると嬉しいです。今回、気になるところで終わっていますが、続きは来年発行していただける予定ですので、よろしかったらどうぞお手に取ってみてくださいね。

次のルチル文庫様でのお仕事は、年内に文庫を発行していただける予定です。以前ルナノベルズで出していただいた『闇探偵』シリーズの新作となります。こちらもどうぞ宜しくお願い申し上げます。

また皆様にお目にかかれますことを、切にお祈りしています。

平成二十六年八月吉日

愁堂れな

（公式サイト『シャインズ』http://www.r-shuhdoh.com/）

✦初出　たくらみの嘘……………書き下ろし
神戸にて…………………書き下ろし

愁堂れな先生、角田緑先生へのお便り、本作品に関するご意見、ご感想などは
〒151-0051 東京都渋谷区千駄ヶ谷 4-9-7
幻冬舎コミックス　ルチル文庫「たくらみの嘘」係まで。

幻冬舎ルチル文庫
たくらみの嘘

2014年9月20日　　第1刷発行

✦著者	愁堂れな　しゅうどう れな
✦発行人	伊藤嘉彦
✦発行元	株式会社 幻冬舎コミックス 〒151-0051 東京都渋谷区千駄ヶ谷 4-9-7 電話 03(5411)6431［編集］
✦発売元	株式会社 幻冬舎 〒151-0051 東京都渋谷区千駄ヶ谷 4-9-7 電話 03(5411)6222［営業］ 振替 00120-8-767643
✦印刷・製本所	中央精版印刷株式会社

✦検印廃止

ISBN978-4-344-83229-9　C0193　Printed in Japan